Perfume personal

KATE HARDY

Editado por HARLEQUIN IBÉRICA, S.A.
Núñez de Balboa, 56
28001 Madrid

PERFUME PERSONAL, N.º 1827 - 21.12.11
Título original: Champagne with a Celebrity
Publicada originalmente por Mills & Boon®, Ltd., Londres.

I.S.B.N.: 978-84-9000-888-1
Depósito legal: B-35210-2011
Editor responsable: Luis Pugni
Preimpresión y fotomecánica: M.T. Color & Diseño, S.L.
C/ Colquide, 6 portal 2 - 3º H. 28230 Las Rozas (Madrid)
Impresión en Black print CPI (Barcelona)
Fecha impresion para Argentina: 18.6.12
Distribuidor exclusivo para España: LOGISTA
Distribuidor para México: CODIPLYRSA
Distribuidores para Argentina: interior, BERTRAN, S.A.C. Vélez
Sársfield, 1950. Cap. Fed./ Buenos Aires y Gran Buenos Aires,
VACCARO SÁNCHEZ y Cía, S.A.
Distribuidor para Chile: DISTRIBUIDORA ALFA, S.A.

Capítulo Uno

«Habrá que esperar». Ésa era la frase que Guy había llegado a detestar más. ¿Cómo iba a ser paciente con algo que podía cambiar su mundo? Sin embargo, era la tercera opinión médica en otros tantos meses. Que tuviera que esperar a ver si recuperaba el olfato podía ser un consejo aceptable para casi todo el mundo, pero no para un perfumista. Guy no podía hacer su trabajo sin olfato.

Llevaba tres meses disimulándolo, pero alguien acabaría descubriéndolo y todo se complicaría mucho. Philippe, su socio, quería aceptar la oferta de una gran empresa para comprarles la casa de perfumes, pero Guy se había resistido porque quería que siguieran centrados en sus clientes y seguir ayudando a los proveedores locales. Sin embargo, aquello le daría argumentos a Philippe. ¿Cómo iba a ser posible que Perfumes GL siguiera cuando su creador había perdido la «nariz»?

Había confiado en que ese último especialista hubiese podido ofrecerle algo que no fuese esperar porque la única explicación era un virus.

Había soportado un tubo con una cámara metido por la nariz y había pasado horas rebuscando posibilidades por Internet. Aun así, sólo le decían que tenía que esperar a ver. Peor aún, el especialista había añadido que podía tardar tres años en recuperar el olfato… o no recuperarlo del todo. ¿Tres años? La perspectiva de esperar tres años era una tortura. Además, era imposible. Si la casa de perfumes no elaboraba fragancias nuevas, no podrían competir en el mercado y todo el mundo perdería el empleo. Sus empleados habían confiado en él y creído en sus sueños incondicionalmente. ¿Cómo iba a defraudarlos?

Sólo podía contratar a alguien para que fuese la «nariz» de la casa de perfumes en vez de él. Entonces, sus funciones cambiarían. Tendría que ocuparse más de la administración y el marketing en vez de elaborar nuevas fragancias en el laboratorio. Contratar a otro perfumista significaría que la casa de perfumes podría seguir adelante, pero también significaría que pasaría a ser un empleo. Viviría la mitad de su vida sin poder hacer lo que más le gustaba, lo que conseguía que estuviese feliz de vivir. Sabía que era egoísta, pero no creía que pudiese soportarlo.

Afortunadamente, había terminado la fórmula de su nuevo perfume antes de perder el olfato. Eso le daría un margen de algunos meses para que se arreglara lo que le hubiese pasado a su nariz. Tenía que olvidarse de todo aquello para poder ser el Guy Lefèvre sonriente y afable, el padrino de la boda de su hermano. No iba a dejar traslucir que su vida estaba convirtiéndose en una pesadilla, no iba a amargar la felicidad de Xav y Allie con su propia desdicha.

–Sonríe como si fuese sinceramente –se ordenó a sí mismo.

Además, debería estar cortando rosas para los arreglos florales de la mesa y no haciendo llamadas desde su teléfono móvil.

–Sheryl, es maravilloso. Como me había esperado que fuese un *château* francés. ¿Recibiste la foto? –preguntó Amber.

–Sí. Todo lleno de ventanas altas y piedra antigua.

–Está un poco abandonado por dentro –reconoció Amber–, pero puede arreglarse si se cambian las cortinas raídas, se pintan las paredes y se pulen los suelos.

–¿Vas a convencer a Allie para que te lo preste y dar una fiesta? –le preguntó Sheryl.

–Estoy tentada. ¿Cuánta gente crees que estaría dispuesta a pagar por pasar un fin de semana en Francia?

–No puedo creerte. Deberías estar divirtiéndote en una boda y estás buscando sitios para celebrar un posible baile benéfico.

–Sí. Es maravilloso. La cocina es increíble. Tiene suelo de terracota, armarios hechos a mano, sartenes de cobre relucientes y una mesa de madera gastada.

–Menos mal que los periodistas no pueden oírte –bromeó Sheryl–. Si se enteraran de que a Bambi Wynne, la juerguista, le gusta la vida hogareña…

–Menos mal que tú tampoco vas a decírselo –replicó Amber porque sabía que su amiga no la traicionaría con la prensa.

Dejó a un lado la idea de que le gustaría la vida hogareña y sentar la cabeza con una familia. Era absurdo. Llevaba una vida fabulosa que envidiaría casi todo el mundo. Tenía un piso precioso en Londres, amigas para salir a cenar o ir de compras e invitaciones a fiestas. Disponía de su tiempo y si le apetecía ir de compras a París, se montaba en un avión sin tener que preocuparse. Se llevaba bien con su familia, ¿por qué iba a tener que limitarse?

–Y esta rosaleda… Nunca había visto tantas rosas. Pasear por aquí es fabuloso. Es como beber rosas cada vez que respiras –buscó una rosa, la cortó y la olió–. Es el olor más maravilloso del mundo.

Guy dio la vuelta a la esquina y se quedó atónito. ¿Era Vera? Era imposible que Xav hubiera invitado a su ex a la boda. Aunque Allie la conocía por el trabajo, dudaba que fuesen amigas. Allie no era presuntuosa y su exesposa era como una diva exigente y egocéntrica. Fue un necio porque el corazón le dominó la cabeza y no vio cómo era de verdad antes de casarse.

Entonces, la mujer se dio la vuelta y Guy soltó el aire que había contenido. No era Vera aunque se parecía a ella. Era alta y esbelta, con unas piernas infinitas y el mismo pelo largo con rizos morenos y estaba seguro de que debajo de las gafas de sol se ocultaban unos ojos azules y enormes. Era una de las invitadas a la boda. Sería una amiga de Allie porque parecía sacada de una revista; iba impecable aunque llevara unos vaqueros y una camiseta. Además, hablaba muy contenta por el teléfono móvil mientras paseaba entre las rosas. Parecía completamente despreocupada. Entonces, se detuvo y cortó una de las rosas. Eso era intolerable. No le importaba que la gente paseara por su jardín, pero sí le importaba que cortaran sus rosas. Se acercó a ella.

–Discúlpeme.

–Tengo que dejarte, te llamaré luego –dijo ella por teléfono antes de colgar y sonreírle–. Perdone. ¿Quería algo?

–¿No cree que debería preguntar antes de cortarla? –preguntó él señalando la rosa cortada.

–Es preciosa –contestó ella–. No creo que a Xav y a Allie les importe que me lleve una rosa para mi habitación.

–No es su jardín –replicó él–. Es mío.

–Ah… entonces, le pido perdón –ella esbozó otra sonrisa–. Creo que ya es un poco tarde para pedirle permiso…

Ella se levantó las gafas de sol y Guy notó que todo el cuerpo se le ponía en tensión. No tenía ojos azules. Eran muy marrones y enormes. Tenía que ser la mujer más hermosa que había conocido, incluidas las que conoció mientras estuvo casado con una supermodelo. Además, ella lo sabía porque inclinó ligeramente la cabeza para oler la rosa sin dejar de mirarlo. Fue una pose perfecta que se pareció mucho a la típica de su ex.

–Es un olor increíble…

Él lo sabía, pero no podía olerlo.

–Sí –confirmó él entre dientes.

–No creí que las rosas siguieran floreciendo a finales de septiembre –ella volvió a sonreír–. Aunque esto es el Mediterráneo… o cerca.

Sabía que tenía que ser educado. Era una invitada y no tenía la culpa de que no pudiese oler ni de que le recordase a Vera. Sin embargo, estaba volviéndose loco porque no podía resolver los dos mayores problemas de su vida y por la tensión de ocultárselos a las personas que más quería.

–Si no sabe dónde está, mírelo en un mapa y no estropee más mis rosas.

Guy se dio media vuelta y se marchó. Amber se quedó mirando la espalda del hombre que se alejaba. ¿Qué había hecho? ¿Eran rosas de concurso y él era el jardinero? Eso explicaría que hubiese tantas rosas por allí. Sin embargo, los mejores jardineros tenían muchas variedades distintas. La mayoría de esas rosas parecían iguales, eran color crema por el centro y acababan de un carmesí intenso por los bordes. Además, ¿qué había querido decir con eso de que era su jardín? Sería del *château*, aunque era posible que fuese el jardinero desde hacía mucho tiempo y lo considerase como suyo. Tanta ira por una rosa… Era un disparate.

Aun así, tenía cierto remordimiento. Él tenía razón en una cosa: era una invitada y tendría que haber pedido permiso para cortar una rosa. Le preguntaría a Allie quién era el jardinero sexy y si sonreía alguna vez. Aunque había estado antipático, se había dado cuenta de que era impresionante. Tenía el pelo rubio, una boca que prometía pasión y un cuerpo que cortaba la respiración.

Puso los ojos en blanco. Llevarse una rosa sin permiso había sido un error, seducir al jardinero de su amiga sería excesivo. Además, después de ese artículo de *Celebrity Life* que contaba todos los novios que había tenido, lo que habían durado y cómo la habían dejado, había decidido olvidarse de los hombres una temporada.

Volvió a su habitación, llenó el vaso del cuarto de baño, puso la rosa y lo dejó en la mesilla. Ese cuarto era maravilloso. Efectivamente, las paredes necesitaban una mano de pintura, las cortinas de damasco dorado estaban descoloridas y la alfombra un poco raída, pero la cama con baldaquino era regia y tenía una vista increíble de la rosaleda. Era muy afortunada por tener una amiga que podía invitarla a un sitio tan increíble.

Bajó a la cocina. Allie estaba sentada a la mesa con alguien que no había visto desde hacía siglos y a quien reconoció al instante.

–¡Gina! –Amber abrazó a la diseñadora y la besó en las dos mejillas–. ¿Cuándo has llegado?

–Me bajé del taxi hace diez minutos.

–Deberías haberme mandado un mensaje. Podría haber ido a buscarte. Da igual –volvió a abrazarla–. Me encanta verte.

–El café está caliente si quieres un poco –comentó Allie.

–Sí, gracias –ella se sirvió una taza–. Por cierto, Allie, lo siento, pero me temo que acabo de enojar a tu jardinero.

–¿Mi jardinero? –preguntó Allie con asombro.

–Me pilló cortando una de las rosas. Se enfadó conmigo.

–No tengo jardine… –Allie frunció el ceño–. ¿Era alto, rubio e impresionante?

–Alto y rubio, sí –Amber vaciló–. Sería impresionante si no tuviese cara de cuerno.

–Guy nunca tiene cara de cuerno –replicó Allie.

–¿Quién es Guy? –preguntó Amber.

–El hermano de Xav. Este es su *château*.

–Entonces, le debo una disculpa.

–Lo siento, es culpa mía. Debería haberte avisado de que no se pueden tocar sus rosas.

–¿Es un especialista en jardinería?

–Es perfumista. ¿Has oído hablar de Perfumes GL? Ése es él, Guy Lefèvre.

–¿Perfumes GL? Hacen un gel de ducha fantástico. El cítrico –intervino Gina–. Salió la otra semana en *Celebrity Life*.

–Ni los mentes –gruñó Amber.

–Te dieron un buen repaso el mes pasado, ¿verdad?

–¿Puede saberse cómo se enteraron de que Raoul me dejó con un mensaje de texto? Estoy segura de que pincharon mi móvil.

Raoul le hizo mucho daño. Había creído que él era distinto, que podría ser el definitivo, pero resultó ser otro de los mentirosos y majaderos con los que siempre acababa saliendo.

–Hablemos de algo más agradable. Entonces, son sus fragancias, ¿no?

–Sí –contestó Allie–. Fue el primer aroma que Guy hizo para la casa de perfumes. Además, Gina, sé que quiere hablar contigo porque le gustan las etiquetas que nos hiciste. Dijo algo de un proyecto nuevo.

–¿De verdad? Me encantaría trabajar con él –dijo Gina con entusiasmo–. Sería fantástico poder participar en el diseño del envoltorio de un perfume nuevo.

Xav entró en la cocina, abrazó a su futura esposa y la besó.

–¿Has visto a Guy?

–No, aunque estábamos comentando que es un genio de los aromas –contestó Allie.

–Entonces, seguramente se haya refugiado en su laboratorio –comentó Xav–. Será mejor que vaya a sacarlo de allí porque tenemos una cita con una barbacoa.

–¡Claro! –exclamó Allie–. Será mejor que nos pongamos con las ensaladas.

–Cuenta conmigo para cocinar –se ofreció Amber–. Empecemos por lo más importante: ¿qué hay de postre?

–¿Postre? –Allie abrió los ojos como platos–. Me he olvidado del postre. Iré al pueblo y compraré algo en Nicole. Hace las mejores tartas de manzana del mundo.

–Yo podría hacer el postre –se ofreció Amber–. Hice uno increíble para el último baile. ¿Hay algún sitio donde vendan frambuesas y fruta de la pasión?

–En la tienda de Nicole –contestó Allie.

–Muy bien, allí voy. Allie, ¿podrías camelar a tu aterrador cuñado y sacarle tres rosas?

–¿Seguro que no te importa?

–Claro que no. ¿Se necesita algo más?

–No.

Amber no tardó en comprar los ingredientes que necesitaba, volvió al *château* y se dispuso a empezar.

–Eres maravillosa –se lo agradeció Allie sacando las tres rosas–. Yo he conseguido lo que pediste.

–Fantástico. Voy a jugar un poco.

Amber pintó los pétalos con clara de huevo, los espolvoreó con azúcar molido y los dejó a secar mientras Gina y Allie se ocupaban de las ensaladas. También hizo merengue y el relleno.

–Tengo que juntarlo en el último minuto. Lo haré cuando la gente haya terminado casi de comer, ¿de acuerdo?

–De acuerdo –repitió Allie dándole un abrazo–. No entiendo que *Celebrity Life* te ponga como si fueses una insustancial. No tienen ni idea de cómo eres.

Amber sabía perfectamente por qué lo hacían. Había rechazado una cita con uno de sus periodistas y él se había sentido ofendido. En consecuencia, el deporte favorito de la revista parecía ser el acoso y derribo de Amber. Había intentado no hacer caso, pero empezaba a fastidiarle. Lo mejor era aguantar hasta que alguien hiciera algo indiscreto y se olvidaran de ella.

–¿A quién le importa *Celebrity Life?* –preguntó Amber en tono despreocupado mientras sacaba un cesto con pan a la terraza.

Xav ya estaba preparando cosas en la parrilla y Guy servía vino a los invitados que iban a quedarse en el *château.* Le dio una copa en silencio y ella pensó que era el momento de arreglar las cosas. Se había equivocado al cortar la rosa y no quería que hubiese tensión en la boda de Xav y Allie.

–Guy, por favor, ¿podemos hablar un momento?

–¿Por qué? –preguntó él con cautela.

–Te debo una disculpa por cortar la flor. Además, ni siquiera tuve la cortesía de presentarme. Sé tu nombre y que eres hermano de Xav. Yo soy Amber Wynne. Encantada de conocerte.

Ella le tendió la mano y creyó por un momento que él iba a rechazarla, pero la tomó y se la estrechó. En cuanto sus pieles se tocaron, sintió una descarga de deseo tan intensa que la dejó pasmada. A juzgar por la sorpresa que se reflejó en sus ojos, a él le había pasado lo mismo. Interesante, pero se había olvidado de los hombres. Su vida amorosa era desastrosa y había decidido descansar durante seis meses.

–Yo también te debo una disculpa –dijo él para sorpresa de ella–. Eres una invitada y no debería haberte regañado. Mi única excusa es que me pillaste en un mal momento.

–Y que las rosas son esenciales para ti. Pensé que eras el jardinero, pero creo que las cultivas para tus perfumes, ¿no?

–Sí... –contestó él con cierta sorpresa.

–¿Te importa? –ella señaló hacia una silla que había a su lado y se sentó–. Tienes un jardín y una casa preciosos. Muchas gracias por invitarme.

–Todas las amigas de mi futura cuñada son amigas de la familia.

Guy se había preparado para no gustar a Amber porque le recordaba a Vera, pero tenía una calidez muy natural y se encontró relajado. Cuando lo animó a que le hablara más de sus rosas, él llegó a creer que podía olerlas en la piel de ella. Era imposible, pero lo intrigó... y lo atrajo. Una atracción que neutralizaría mientras su vida fuese un caos y tuviera que emplear toda su energía en luchar contra la amenaza a su profesión. Además, ella había ido sólo a la boda y lo más probable era que sus caminos no volvieran a cruzarse.

Cuando Allie y Gina empezaron a recoger, Amber se levantó para ayudarlas, algo que Guy no había esperado. Vera se habría considerado una invitada, no alguien que ayudara a servir.

–Soy la encargada del postre –comentó ella como si le hubiera leído el pensamiento.

Y menudo postre. Amber volvió con una fuente con dos círculos de merengue rellenos con frutas y cubiertos por los pétalos azucarados y semillas de fruta de la pasión.

–Para eso quería Allie las rosas –comentó él cuando ella le llevó un trozo.

13

–Lo siento, pero eran perfectos para esto, de color crema por el centro y rosas por el borde.

–Has debido de tardar un buen rato en azucararlos.

–Los detalles son importantes –comentó ella.

–Y tú les prestas atención.

Tampoco se había esperado eso. La había etiquetado de diva descuidada. ¿Cómo había podido equivocarse tanto?

–Tiene muy buena pinta. ¿Eres cocinera? –siguió él.

–Me gusta la cocina, pero para ser cocinera hay que trabajar mucho. No es lo mío.

–¿Qué es lo tuyo? –preguntó él con curiosidad.

–Organizo fiestas.

–¿Organizas fiestas? –preguntó él sin dejar de parpadear.

–Así conocí a Allie. Vino a una de mis fiestas y nos hicimos amigas.

–Eres una de esas chicas que van de fiesta en fiesta.

–Mmm… Pero no te creas todo lo que leas de mí en las revistas.

–¿Sales mucho en las revistas?

Aunque la cara le parecía conocida, no sabía por qué. Ojeaba las noticias económicas en Internet y, naturalmente, no leía las páginas de cotilleo. La única vez que veía una revista de famosos era cuando se la mandaban porque decía algo sobre Perfumes GL. Una de las cosas que desesperaba a Philippe, su socio, era que se empeñara en que los lanzamientos de los productos fuesen discretos. Sin embargo, ya había padecido bastante a las revistas y no iba a permitir que se metieran en su vida otra vez.

–Es la preferida de la revistas, nuestra Bambi –comentó Gina cuando apareció.

–¿Bambi? –preguntó él sin poder evitarlo.

–Sí. Es por los inmensos ojos marrones y las piernas interminables. Si no fuese tan buena, la odiaríamos por ser tan guapa. Podría ponerse un saco y conseguiría ser elegante. La vida es injusta.

–Gracias, Gina –replicó Amber entre risas–, pero el mérito es de los genes de mi madre. Además, si me dejaras sacarte de tu uniforme negro porque eres artista, te pondría algo de color para resaltar tu cutis, tu pelo castaño y esos ojos maravillosos. Tendrías una fila de hombres que llegaría hasta París.

–Imposible. Soy una artista –replicó Gina con una sonrisa.

–Es inútil –comentó Amber–. Díselo, Guy. Es impresionante.

–Es impresionante –dijo Guy.

Gina era guapa, pero Amber era increíble, a su lado, las demás mujeres parecían anodinas.

Eso lo inquietaba. Ya perdió la cabeza por una mujer impresionante que salía en la revistas. Se casó con ella al cabo de un mes y se había arrepentido desde entonces. Pero no tenía intención de salir con Amber. Aunque no le recordase al mayor error que había cometido en su vida, no estaba buscando tener una relación cuando su vida era un desastre. Tenía que concentrarse en encontrar una cura a la pérdida del olfato.

–¿Me ayudas con el café? –le preguntó Gina.

–Claro. Discúlpame, Guy. Lo he pasado muy bien charlando contigo. Hasta luego.

Ella se marchó y el rincón de la terraza perdió todo su brillo. Guy se zarandeó a sí mismo. Ella no era su tipo y estaría loco si pensaba otra cosa.

Capítulo Dos

A la mañana siguiente, Amber se despertó antes de que sonara el despertador. Se duchó y fue a la cocina. Allie y Gina ya estaban allí desayunando. Las acompañó y luego les pintó las uñas, las maquilló y las peinó mientras preguntaba por las diferencias entre una boda francesa y otra inglesa.

–Entonces, hay dos ceremonias; la oficial, en el Ayuntamiento, donde llevas un traje de chaqueta y la religiosa, en la iglesia y con vestido blanco.

–Efectivamente –confirmó Allie.

–Allie, cuando te vea Xav, no va a poder contenerse las ganas de llevarte a su cama –comentó Amber al mirarla.

–Estás increíble –confirmó Gina–. Radiante.

–Eso es lo que se dice a todas las novias –replicó Allie desdeñosamente.

–Pero es verdad –insistió Amber.

Amber sofocó un ligero ataque de melancolía; era absurdo. En ese momento, no quería salir con nadie y mucho menos casarse.

Guy miró a Amber, que estaba saliendo del *château*. El día anterior, con vaqueros y camiseta, había estado impresionante, pero arreglada era increíble. Llevaba un vestido de seda dorada con tirantes muy finos y sandalias a juego y el pelo recogido en un moño y sujeto con horquillas terminadas en perlas.

Se había ofrecido para llevar a algunos invitados al Ayuntamiento. Si se concentraba en la carretera, dejaría de pensar en Amber. Su sonrisa, cálida y radiante, pero con un atisbo de timidez, hacía que le abrasaran las entrañas y que sus dedos anhelaran quitarle las horquillas del pelo para que los rizos le cayeran sobre los hombros. Entonces, pensó en su pelo extendido sobre su almohada y se quedó aterrado.

–Buenos días, Guy –tenía una voz suave y rematadamente sexy–. Allie dice que vas a llevarnos en coche. Gracias.

–Es un placer –replicó él–. Siéntate.

Cuando ella se sentó en el asiento del acompañante, él deseo haberle dicho que se sentara atrás. Necesitó toda su concentración para conducir hasta el pueblo. Cada vez que cambiaba de marcha, su mano quedaba a escasos centímetros de su muslo y el borde del vestido se le había subido por encima de la rodilla. Esa mujer tenía la capacidad de volverlo loco, lo cual, hacía que fuese muy, muy peligrosa.

El acto del Ayuntamiento fue breve y sencillo. Luego, mientras Xav y Allie se cambiaban, los invitados se tomaron un vaso de vino en el café de la plaza. Aunque Amber estaba charlando con otros invitados, algo hizo que se diera media vuelta. Entonces, comprendió el motivo. Guy había entrado y estaba impresionante con chaqué, chaleco azul cielo y corbata a juego. No le sorprendió que todas las mujeres del café estuvieran mirándolo. Guy era uno de esos hombres que llamaban la atención, aunque pareciera no saberlo. Tenía algo y cuando sus miradas se encontraron, a ella se le paró el pulso. Eso no le gustó. No podía prenderse de él. No sería una de las ratas con las que solía salir, pero nunca saldría bien, eran de mundos completamente distintos.

Entonces, Allegra y Xavier aparecieron por la puerta. El vestido de boda de Allegra era blanco, sencillo y elegante. Llevaba una diadema también muy sencilla y un precioso ramo de rosas blancas. Gina, como dama de honor, y Amélie, la chica que llevaba el ramo, tenían un vestido muy parecido al de Allegra, pero del mismo color azul cielo que los chalecos de Xavier y Guy. Todo el cortejo nupcial caminó hasta la diminuta iglesia encabezado por la novia y el novio. La iglesia era antigua y muy bonita. En el altar había dos sillones de terciopelo rojo debajo de un baldaquino que, evidentemente, esperaban al novio y la novia. Cuando entraron, la madre de Allegra interpretó una pieza de Bach al violín.

Aunque la ceremonia fue en francés, Amber pudo seguir lo que estaba pasando. Cuando Allegra y Xavier se intercambiaron los anillos, pensó que su amiga había sido muy afortunada por haber encontrado el verdadero amor. No creía que ella fuese a encontrarlo jamás.

Entonces, se enojó por ponerse sentimental. Le encantaban las bodas y las fiestas. Además, Allie había dicho que las bodas francesas duraban toda la noche y estaba dispuesta a pasárselo muy bien.

Los novios salieron entre una lluvia de pétalos y recorrieron un pequeño camino hasta el patio de la iglesia, donde se sirvieron unas copas de champán.

Era el brindis en honor de los novios y Amber sabía que todo el pueblo estaba invitado a esa celebración.

Volvieron al *château*, donde habían instalado una carpa enorme con mesas que rodeaban la pista de baile. Era el momento de la recepción con champán, pero ella no se había imaginado cómo se descorchaban las botellas. Guy y Xavier, que blandían unos sables curvos, las sujetaban con los corchos apuntando lejos de ellos. Luego, deslizaban el sable por la botella y al llegar al corcho, éste salía disparado. Amber nunca había visto algo así. Era mucho más impresionante que hacer cascadas con copas de champán. Si pudiera convencer a Guy de que le enseñara, sería maravilloso para el próximo baile de verano.

—Eso que hiciste con el champán fue muy impresionante —le dijo al sentarse a su lado.

—¿El *sabrage…*? —preguntó él.

—No lo había visto nunca. ¿Es una tradición francesa?

—Sí. Viene de la época de Napoleón. Los húsares celebraban las victorias descorchando botellas de champán con el sable.

Pudo imaginarse a Guy con uniforme de oficial húsar y sexy a más no poder. Hizo un esfuerzo para volver a lo que él había dicho.

—Vaya, ¿no se mete cristal en el champán?

—No. La presión del champán lo expulsa todo afuera.

—¿Cómo puedes estar tan seguro?

—Se trata de sujetar la botella en el ángulo adecuado y de golpearla en el sitio correcto. Además, es un sable para champán que imita los sables de los húsares.

–Entonces, ¿cualquiera puede hacerlo con entrenamiento?

–Con entrenamiento, sí –contestó él dándose cuenta de que se había metido en un embrollo.

–¿Me enseñarías? –preguntó ella con una sonrisa.

–¿Para qué quieres aprenderlo?

–Ya lo sabes. Organizo fiestas y voy a organizar un baile de verano para recaudar fondos para la investigación del cáncer. Sería espectacular descorchar así el champán.

–¿Por qué la investigación del cáncer?

–Porque mi abuela tuvo cáncer de pecho. Está reponiéndose, pero es mi manera de ayudar.

–Haciendo fiestas…

–Si organizas bien una fiesta, la gente está dispuesta a pagar mucho dinero por la entrada. Podría haber organizado otra cosa, pero esto es más divertido. Todo el mundo sale ganando. Además del dinero que recaudo con las entradas, organizo una tómbola con grandes premios como un vuelo en globo o un retrato hecho por un fotógrafo conocido. También conseguí una cena con alguien famoso de verdad gracias a que mi madre hablara con sus amigos.

–¿Quién es tu madre?

–Libby Wynne, la actriz.

Claro, por eso le resultaba conocida. Aunque si se lo preguntaran, diría que Amber era más guapa que su madre.

–Entonces, ¿podría contar contigo para que hicieras un perfume personalizado?

Era lo peor que podría haberle preguntado. Hacía cuatro meses, seguramente habría aceptado. En ese momento, no sabía si sería capaz de hacerlo.

–Es algo que no se hace fácilmente –contestó él.

–Naturalmente, no se trata sólo de mezclar unas esencias –concedió ella.

–Es mucho más.

–Si elaborar un aroma es mucho pedir, ¿podría pedirte una cesta de regalo?

Él no supo si su seguridad en sí misma le divertía o le aterraba.

–No tienes la más mínima vergüenza, ¿verdad?

–Si no lo pides, no lo consigues ¿Cuál es el problema? No puedo esperar a que la gente me lea el pensamiento.

¿Cuál era el problema? Se preguntó él. Su problema era que ella lo atraía increíblemente.

–Da igual… –farfulló él–. Cuenta con la cesta. Díselo a Allie cuando llegue el momento. Ahora, será mejor que me mueva un poco. Es una boda francesa y hay baile entre los platos.

Rezó para que Amber no le propusiera bailar con ella. Ella no se lo propuso y se sintió decepcionado. Era un disparate.

Al parecer, en Francia también era tradicional que los novios abrieran el baile seguidos por los padrinos. Era una canción preciosa, pensó melancólicamente. ¿Encontraría a alguien que la agarrara cuando cayera y que la esperaría para darle su apoyo? A juzgar por las relaciones que había tenido, no. Siempre acababa eligiendo el opuesto absoluto.

Dio un sorbo de champán. Era una boda e iba a divertirse. Había mucha gente que no había conocido todavía y algunas personas que parecían tímidas. Sabía animar una fiesta y eso era exactamente lo que pensaba hacer.

Guy supo exactamente dónde estaba Amber, aunque estuviera de espaldas a ella, porque podía oír risas. ¿Estaría pidiendo más donaciones para su baile benéfico? Miró de soslayo. No. Estaba llevando bebidas a sus tías abuelas y a sus tíos abuelos y todos charlaban con una sonrisa de agrado. Empezaba a entender por qué organizaba fiestas. Tenía mucho don de gentes. Entonces, ella se acercó a los padres de Allie y él pensó que eso era digno de verse. Los Beauchamp eran famosos por su antipatía. Habían sido unos padres aterradores para Allie y si Amber les pedía que interpretaran algo gratis en su baile, la mandarían a paseo con alguna impertinencia. Entonces, tuvo que parpadear. ¿Estaba viendo alucinaciones? Emma Beauchamp estaba sonriendo. O bien Amber ya la conocía, algo improbable, o su don de gentes era mucho mayor del que se había imaginado. Si podía apaciguar a Emma Beauchamp, podía encandilar a cualquiera.

No podía apartar la mirada de Amber. Evidentemente, había decidido que ya había parloteado bastante y empezó a bailar, pero no sola como una sirena que quería atraer a todos los hombres que tampoco podían apartar la mirada de ella. Había reunido a los niños alrededor y estaba enseñándoles algunos pasos sencillos. Las niñas parecían emocionadas de que una persona mayor les hiciera caso y los niños estaban obnubilados por su sonrisa. Sus padres la miraban con una sonrisa y cuando ella se dio cuenta, los invitó a que los acompañaran. A los diez minutos, todo el mundo se había levantado para bailar. Guy, incapaz de resistirse un segundo más, tomó una copa de champán y se la llevó.

–Pareces acalorada –comentó él.

–¿Estás diciendo que tengo la cara roja o es una invitación a bailar? –le preguntó ella con una sonrisa.

–Quería decir que llevas siglos bailando y que, seguramente, querrías beber algo, no que tu cara…

Él se quedó mudo y notó que se ponía rojo. Sobre todo, porque los ojos de ella indicaban que sabía que estaba mintiendo. La atracción era mutua. Lo supo porque ella separó los labios invitándolo a besarla, aunque le pareció algo inconsciente, no una seducción premeditada.

–De acuerdo, las dos cosas –reconoció él.

–Vaya –ella sonrió más todavía–. Me preguntaba si mi vestido era un poco corto.

Él ya se había fijado, pero las palabras de ella hicieron que volviera a mirar. Se le pegó la lengua al paladar un instante, pero aceptó el reto.

–Unas rodillas bonitas, *mademoiselle* Wynne.

–Gracias, *monsieur* Lefèvre… también por la bebida.

Ella tomó la copa y él sintió una descarga cuando los dedos se rozaron. Además, no pudo dejar de mirar su boca cuando dio un sorbo. Tenía una boca preciosa. Irresistible. En ese preciso instante supo que esa noche acabaría besándola.

La banda de jazz pasó a interpretar una canción que Amber reconoció. Era el tango de una película que le había encantado. Aunque sabía que lo más sensato sería sentarse y no provocar más a Guy, su boca no obedecía al cerebro.

–Atrévete.

–¿Que me atreva? –preguntó él con unos ojos muy oscuros.

–¿No sabes bailar el tango?

–¿Estás retándome, Amber? ¿No te parece un poco arriesgado?

–¿Vas a comerme, Guy?

Él le quitó la copa lentamente y la dejó en la mesa. Luego, la tomó entre los brazos hasta que su boca estuvo muy cerca de la oreja de ella.

–¿Comerte? –preguntó él con una voz increíblemente sexy–. Lo tomaré como una oferta…

Amber se alegró de que estuviera agarrándola porque se imaginó su boca recorriéndole todo el cuerpo y le flaquearon las rodillas. Parecía como si hubiera desencadenado a un monstruo y ya no pudo echarse atrás porque Guy empezó a bailar con ella. Había bailado con profesionales, pero no había sentido nada parecido a aquello. Con ellos había sido coreografía y paciencia. Eso era algo más primitivo y la sangre le bullía en las venas. Su cuerpo estaba reaccionando a la proximidad de él e iba excitándose cada vez más cuando la rodeaba con los brazos y le introducía una pierna entre las de ella. Lo que con cualquiera hubiese sido mera coreografía, con Guy era un preludio al sexo. Un muslo entre los de ella, un muslo que hacía que se preguntara lo que sería acariciar su piel desnuda y tener las piernas entrelazadas. Se estrechó contra él, cadera contra cadera, vientre contra vientre, pecho contra pecho… Olió su piel, con un ligero aroma cítrico, y quiso paladearlo. Sólo existían Guy y la música. Entonces, sintió el roce de sus labios sobre le piel desnuda del hombro, fue como el contacto de una pluma que hizo que sintiera una palpitación entre las piernas. Tenía los ojos oscuros, como un cielo de tormenta al atardecer. ¿Sentía él la misma palpitación de deseo? ¿Estaría pensando en besarse ardiente, húmeda y apremiantemente? Le había dicho que la comiera y quería sentir su boca sobre el cuerpo.

Entonces, la música se acabó brusca y asombrosamente.

–Bravo, *mademoiselle* Wynne –le dijo Guy al oído.

Amber se quedó más asombrada todavía cuando la gente empezó a aplaudirles. Miró alrededor y la pista estaba vacía. Era espantoso. Aunque abrió la boca para decirle que no había querido que pasara eso, se quedó muda. *Celebrity Life* iba a frotarse las manos porque estaba comportándose como la insustancial que decían que era.

–Lo siento –susurró ella por fin.

–Yo no lo siento. Ha sido… esclarecedor.

–¿Podría… beber un vaso de agua o algo así? –preguntó ella.

–Claro. ¿Dónde aprendiste a bailar así? –preguntó él con una ceja arqueada.

–Di clases cuando era joven.

–¿Y?

–De acuerdo… He conocido a algunos bailarines y uno me enseñó a bailar el tango.

–¿Así?

–En absoluto –contestó ella con una risa irónica.

–¿Por qué? –preguntó él antes de pedir dos vasos de agua a un camarero.

Porque aquel bailarín no la alteró, no había habido… chispa entre ellos.

–Digamos que yo habría necesitado un cromosoma Y –contestó ella con ironía otra vez.

–Muy delicada.

–Es posible. Lo siento. Mi boca me traiciona. Gracias por el agua.

–Ha sido un placer.

Sin embargo, él no se marchó y se sentó a su lado. Debería sentirse más tranquila porque era la primera vez que se sentaba desde que la banda de música empezó a tocar, pero no podía dejar de moverse nerviosamente.

–¿Qué te pasa? –le preguntó él.

–Nada.

–Mentirosa.

–¿Cuántas veces tengo que disculparme contigo? –preguntó ella con un suspiro.

–Ninguna –él dejó la copa y la agarró de la mano para que se levantara–. Vamos.

–¿Qué? ¿Quieres volver a bailar?

–No. Hay mucho ruido.

La sacó de la carpa y la llevó a la rosaleda. Amber pensó que eso iba muy mal. Abandonar una boda antes que los novios era una grosería. Si alguien se había dado cuenta, al día siguiente tendría que dar muchas explicaciones.

–Baila conmigo aquí –le pidió él.

Ella podía oír la música, pero amortiguada. Era una música embriagadora y el aire olía a rosas. ¿Cómo podía resistirse a estar entre sus brazos? Tenía una mano de Guy sobre la piel desnuda entre los hombros. Su contacto hacía que se le pusiera la piel de gallina. Se estrechó contra él y lo rodeó con los brazos. Tenían las mejillas juntas y ella no supo quién se movió, pero los labios se rozaron. Fue un roce levísimo que le despertó un fuego en las entrañas. Ella también lo besó y él le trazó una línea de besos diminutos que le mordían levemente el labio inferior. Amber separó los labios para que profundizara el beso. Nunca había sentido algo parecido. Nadie la había besado hasta que le flaquearan las piernas y tuviera que aferrarse a él. Cada caricia de su lengua y cada roce de su piel hacían que el deseo fuese más abrasador. Cambió un poco de postura para que él pudiera introducir un muslo entre los de ella, como habían hecho bailando el tango, pero sin público. Entonces, él se apartó un poco.

–Probablemente, esto no sea una buena idea.

–No, no lo es.

–Pídeme que no siga.

Él le bajó el tirante del vestido y le pasó la boca por el hombro.

–No puedo.

Ella le deshizo el nudo de la corbata, le desabotonó los tres primeros botones de la camisa y le pasó la punta de la lengua por al cuello.

–Amber, te lo aviso por última vez. Pídeme que no siga.

Ella le desabotonó el chaleco y lo que le quedaba de la camisa.

–Sigue –susurró ella.

Guy la tomó en brazos y entró en la casa.

Capítulo Tres

Guy se detuvo en lo alto de la escalera, la dejó en el suelo y volvió a besarla con avidez. Cuando se separó, ella tuvo que agarrase de la pechera de su camisa para no caerse. Él le pasó los dedos por la mejilla con una mirada ardiente.

–*Mon ange*, te di la ocasión de parar en la rosaleda. Ésta sí que es la última advertencia. Si no paramos ahora, voy a llevarte a mi cama.

–Preferiría que fuese una promesa más que una amenaza.

–¿Una promesa de qué?

–De placer para los dos. Sólo esta noche –ella tomó aliento–. Soy un desastre para las relaciones, pero ha saltado una chispa entre nosotros.

–Yo tampoco soy el mejor ejemplo en las relaciones y no quiero tener una con nadie.

–Perfecto. Los dos sabemos a qué nos atenemos.

Ella se puso de puntillas y le dio un ligero mordisco en el labio inferior. Él dejó escapar una exclamación mezcla de anhelo y desesperación. Luego, la besó ardiente, delicada y vorazmente, la agarró de la mano y la llevó al final del pasillo, a su habitación.

Le pareció conocida. Tenía una cama enorme con baldaquino y colcha blanca, cortinas de un tono parecido a las de ella, alfombras por el suelo y un paisaje colgado de la pared.

–¿Sigues estando segura de que quieres hacer esto?

Ella le pasó el dedo índice por el pecho. Podría haber sido un modelo para los anuncios de sus perfumes. Era musculoso sin exagerar y tenía la piel dorada por el sol.

–Completamente. Estaba imaginándomelo cuando bailabas el tango conmigo.

–Espero que imaginaras lo mismo que yo –replicó él con una mirada abrasadora.

–Sólo hay una manera de saberlo.

Él la besó implacablemente. Luego, le quitó las horquillas del pelo una a una y las dejó en su tocador. Le pasó los dedos entre el pelo y asintió cuando cayó sobre sus hombros.

–Me gusta. Tienes un pelo sedoso, *ravissante*.

Era increíblemente sexy cuando hablaba en su idioma. Se pasó la lengua por el labio inferior deseando que volviera a besarla, pero él fue quitándole la ropa tan lentamente que se derritió de deseo y tuvo ganas de apartarle las manos para arrancársela, arrancarle la de él y conducirlo dentro de ella. Sin embargo, Guy estaba siendo meticuloso, prestaba atención a los más mínimos detalles, como si estuviera aprendiendo la forma de su cuerpo con la boca y las manos. Le bajó la cremallera con una lentitud inconcebible y dejó que el vestido cayera al suelo mientras le acariciaba la piel.

–Me gusta el encaje, es impresionante, como tú –le pasó la punta del dedo por la camisola–, pero tiene que desaparecer. Te necesito desnuda y necesito imperiosamente estar dentro de ti.

Guy le bajó uno de los tirantes y besó su piel desnuda. Ella echó la cabeza hacia atrás ofreciéndose. Él le besó el cuello y le pasó la punta de la lengua hasta el otro hombro. La sujetaba suavemente de la cintura y el calor de su boca en la piel estaba volviéndola loca. Cuando estuvo sólo con las bragas, estaba temblando. Él estaba impresionante con la camisa y el chaleco abiertos y la corbata deshecha, pero tenía que hacer algo más que mirarlo, necesitaba tocarlo, sentirlo, recorrer su cuerpo como él había recorrido el de ella.

–Llevas demasiada ropa –dijo ella con voz temblorosa.

–Estoy en tus manos.

Le quitó el chaleco, luego le bajó la camisa de los hombros y le pasó la lengua por las clavículas como había hecho él. Tenía una piel suave y con la cantidad de pelo exacta para ser sexy. No pudo evitar pasarle los dedos entre los pelos.

–Tienes unas manos maravillosas –comentó él con los ojos muy oscuros.

Ella le desabotonó la cinturilla del pantalón y le acarició el abdomen sin nada de grasa.

–Delicioso.

–*Merci* –dijo él en tono burlón.

–No quería haberlo dicho en voz alta –replicó ella sonrojándose.

–Me alegro de que lo dijeras. Tú también eres deliciosa, cálida y suave, y voy a gozar contigo.

Ella también iba a gozar. Tal y como habían bailado en público, tenía la sensación de que hacer el amor en privado iba a enloquecerla.

Le bajó la cremallera y la ropa hasta encima de las rodillas. Los pantalones cayeron al suelo y se los quitó con los pies, como los zapatos y los calcetines. La erección era muy evidente debajo de los calzoncillos largos y se le secó la boca.

–Todavía puedes cambiar de idea, *mon ange*.

–No. Te deseo, Guy. Es que…

–Lo sé. Me pasa lo mismo. Es inesperado –le rozó delicadamente los labios con los de él–. Es algo sólo entre tú y yo. Ni remordimientos ni preocupaciones, sólo placer.

Él apartó la colcha, la tomó en brazos y la dejó sobre las almohadas. Las sábanas blancas era muy suaves y las almohadas mullidas. Guy le pasó los pulgares por los costados de las bragas de encaje y se las bajó lentamente. Amber levantó un poco el trasero, se quedó completamente desnuda delante de él y la timidez se adueñó de ella.

–Voy a mirarte, *mon ange*, porque eres hermosa –murmuró él al interpretar su expresión–. Luego, voy a saborearte y luego… voy a volverte loca.

–¿Es una promesa más que una amenaza? –preguntó ella con la voz ronca.

–*Absolument*. Y ya sabes que siempre cumplo mis promesas, Amber.

Le acarició los pezones con los pulgares y ella notó que se endurecían. Luego, se inclinó y tomó uno con la boca y lo succionó. Su boca era ardiente y ella se inclinó para pasarle los dedos entre el pelo. Eso estaba bien, pero quería mucho más. Él siguió bajando la boca hasta llegar al abdomen y ella se quedó sin respiración. Guy se arrodilló entre sus piernas, se sentó en los talones y esbozó una sonrisa perversa que hizo que a ella se le desbocara el pulso. Le besó el tobillo y empezó a subir de tal manera que ella se arqueó y contuvo el aliento. Cuando se recreó con el muslo, ella ya estaba casi jadeando y agarrándolo del pelo.

–Guy, por favor…

Las palabras brotaron como un gemido casi suplicante. Nadie había conseguido que sintiera un abandono parecido. Notó la caricia lenta de su lengua en el sexo. Le pasó la punta por el clítoris y ella se cimbreó contra él para exigir más. Él le dio exactamente lo que necesitaba, varió el ritmo y la presión para que su excitación fuera cada vez más intensa hasta que creyó que no podía aguantar más. Estaba balbuciendo su nombre cuando el clímax la alcanzó con una intensidad que nunca había podido imaginarse. No debería haber sido tan maravilloso la primera vez. Debería haber sido torpe, bochornoso y algo decepcionante. Sin embargo, tenía la sensación de que Guy no era un hombre normal y corriente.

Él se incorporó y la abrazó con fuerza.

–¿Ya estás mejor, *mon ange*?

Ella asintió con la cabeza; no se atrevió a hablar.

–Muy bien, pero eso sólo era el principio. Ahora empieza lo bueno.

Eso sí que sonaba a prometedor y Guy había dicho que se preciaba de cumplir las promesas. Casi tímidamente, le quitó los calzoncillos y contuvo el aliento.

–Guy, eres hermoso de verdad.

–Creo que es la primera vez que me lo dicen –confesó él sonrojándose.

–Además, quiero hacer el amor contigo –Amber lo besó–. En este instante.

Él abrió el cajón de la mesilla y sacó un envoltorio. Ella le tomó la mano.

–Creo que me corresponde…

Ella tomó el envoltorio, sacó el preservativo y se lo puso. Guy la besó ardientemente, se dio la vuelta para ponerse de espaldas, la colocó a horcajadas sobre él y con las manos la sujetó de la cadera para que descendiera sobre él. Ella se contoneó y vio que se le oscurecía la mirada por el placer.

–¿Te gusta? –susurró ella.

–¿Tú qué crees, *mon ange*?

–Creo que quiero volverte loco, como tú me has vuelto a mí.

–Entonces, hazlo –replicó él en tono apremiante.

Ella se inclinó y le mordisqueó el labio inferior hasta que abrió la boca y profundizó el beso. Entonces, empezó a moverse otra vez, bajó el ritmo para que fuese como un tormento delicioso y volvió a acelerarlo. Notó, con sorpresa, que el clímax volvía a acercarse. Nunca había tenido dos orgasmos tan seguidos. Tenía todo el cuerpo en tensión y, cuando llegó al límite, notó que el cuerpo de él también se ponía en tensión. Se sentó y la besó con voracidad. Ella se aferró a él como si su vida dependiera de ello mientras las oleadas de placer la arrasaban por dentro.

Después, él la abrazó y le acarició el pelo.

–Tienes un pelo increíble. Es en lo primero que me fijé de ti –le pasó los dedos entre los rizos–. Me encantan. Son naturales, ¿verdad?

–Sí. No los soportaba de adolescente porque mi pelo nunca era como el de las demás. Incluso me lo planché una vez.

–¿Lo planchaste?

–Sí, antes de que me pudiera comprar un alisador de pelo. Lo tuve liso una buena temporada.

–Me alegro de que ya no lo tengas. Es demasiado maravilloso para domarlo –la besó brevemente–. Será mejor que haga algo con el preservativo.

–Y será mejor que yo me marche.

–¿Por qué? –preguntó él.

–Porque no quiero encontrarme con nadie cuando vuelva a mi habitación despeinada y la ropa arrugada. Sería demasiado evidente. Además, después de cómo bailaste conmigo…

–¿Eso te parce un problema?

–Sí. Todo el mundo cree que soy una insustancial que va de fiesta en fiesta, pero no me acuesto con alguien hasta que lo he conocido un poco y nunca duermo con alguien con quien no estoy saliendo.

–Eso tiene una solución.

El corazón de ella le dio un vuelco. ¿Iba a pedirle que saliera con él?

–Nos levantaremos antes que los demás –le explicó él–. Todos estarán agotados después de la fiesta y dormirán hasta tarde. Además, quienes no lo hagan, tampoco estarán en el *château*. Estarán en la carpa esperando la sopa de cebolla.

–¿Sopa de cebolla?

–El baile en las bodas francesas dura hasta el amanecer y entonces desayunamos. Lo tradicional, es la sopa de cebolla, aunque Allie dice que quiere que sea anglo francesa y que haya beicon y sándwiches.

–Tiene que ser la conversación más surrealista que he tenido en mi vida.

–Si fuese un caballero, *mon ange*, te pediría que salieras conmigo, pero mi vida es muy complicada.

–Yo tampoco quiero una relación –replicó ella–. No quería cazar a nadie.

–Ya lo sé –Guy suspiró–. La verdad es que quería convencerte para que te ducharas conmigo.

–¿Una visita guiada a tu cuarto de baño?

–Una visita muy personal.

–Entonces, se trata sólo de sexo y durante esta noche. Luego, se acabó.

Luego, con un poco de suerte, podría mirarlo sin tener ganas de arrancarle la ropa.

–De mucho sexo. En cuanto a lo demás, estoy de acuerdo; queda entre tú y yo.

–Perfecto –ella se pasó la lengua por al labio inferior–. Enséñame ese cuarto de baño fabuloso.

Capítulo Cuatro

Amber se despertó desorientada, hasta que el recuerdo de la noche anterior le cayó con estrépito. Estaba en la cama de Guy y lo tenía abrazado a ella. El atrevimiento de la noche anterior había desaparecido y se sentía sucia y rastrera.

Tenía que soltarse sin despertarlo, encontrar su ropa, salir de puntillas y darse una ducha antes de encontrarse con él. Luego, se iría al aeropuerto por sus medios. A lo mejor, podía dejarle una nota. Sin embargo, eso sería más rastrero. Tenía que hacer frente a sus errores y esperar que nadie de *Celebrity Life* se enterara de que Bambi había seducido al padrino de la boda de su mejor amiga. No quería que arrastraran a Xav y Allie por el fango que la rodeaba… ni a Guy. Le quitó la mano de la cintura y acababa de librarse de sus brazos cuando lo oyó.

–*Bonjour, mon ange.*

Tuvo que sentarse y mirarlo. Estaba fantástico, despeinado y con una barba incipiente. Sofocó el arrebato de deseo. Habían convenido que la noche anterior sería la única.

–Buenos días, Guy. Perdona, no quería despertarte.

–¿Estabas escapándote de mí?

–No –contestó ella–. Iba a darme una ducha.

–Ya sabes dónde está mi cuarto de baño.

–Sí… eso era lo que iba a hacer.

Amber suspiró y se tapó los pechos con la colcha. Guy se apoyó en un codo, la miró y se rió.

–¿Qué pasa? –preguntó ella.

–Creo que, después de la noche pasada, no tiene sentido ponerse recatada.

–La noche pasada fue la noche pasada. Esta mañana es otra cosa. De acuerdo, zanjemos al asunto. Siento haberme abalanzado sobre ti.

–¿Pero…?

–Eras el hombre más impresionante de la boda y lo sabes.

–La verdad es que no lo sabía –él se sentó–, pero gracias por el piropo.

–Si hubieses estado toda la noche con cara de cuerno, como cuando nos conocimos, habría podido resistirme.

–Tú empezaste al preguntarme si iba a comerte.

Amber comprobó que era posible ponerse más roja.

–Me provocaste.

–Podemos llegar a la conclusión de que somos tal para cual –propuso él.

–Es posible, pero que conste que no me acuesto con nadie si no lo conozco muy bien. Tú eres el primero y no quiero que pienses que soy una cualquiera…

–No eres una cualquiera, eres de gustos refinados, cara de mantener.

–Puedo mantenerme a mí misma, gracias –replicó ella con los ojos entrecerrados–. Si te atreves a ofrecerme…

Él la besó para callarla.

–¿Por qué estamos discutiendo?

–Porque estás riéndote de mí.

–No me río de ti –Guy suspiró–. ¿Eres una de esas personas que son una pesadilla hasta que toman un café? Si lo eres, acurrúcate en la cama e iré a buscarte uno. Luego, no hables hasta que haya hecho efecto.

–Yo…

Era él quien estaba sacándole de las casillas.

–De acuerdo, café.

Se levantó completamente desnudo y nada cohibido. La noche anterior le había parecido hermoso, esa mañana le parecía el hombre más perfecto que había visto en su vida. Además, había dicho que iba a buscar café…

–No puedes bajar desnudo.

–Estoy en mi casa…

–Guy… –masculló ella sin disimular el pánico.

–Necesitas un café –aseguró él con una sonrisa–. Claro que no voy a bajar desnudo, no estaría bien escandalizar a los invitados.

Sin embargo, se limitó a ponerse los pantalones y se quedó descalzo, despeinado y sin afeitarse, desaliñado e increíblemente sexy. El deseo se adueñó de ella y estuvo a punto de arrojarse sobre él.

–Duérmete. El café llegará enseguida.

Guy se marchó, pero ella no pudo dormirse otra vez. Se levantó, recogió la ropa y dejó escapar un gruñido. Su vestido estaba hecho una pasa y era su vestido favorito. Esperaba que Guy le prestara una camiseta o algo así y pudiera llegar a su habitación sin que nadie la viera y se diera cuenta de que no llevaba nada debajo de la camiseta. Sin embargo, ya había aprendido la lección y no iba a buscar nada hasta habérselo pedido. Mientras, se pondría algo para cubrirse. Fue al cuarto de baño y se puso una toalla alrededor del cuerpo. Se miró al espejo y comprobó que tenía el pelo enmarañado, que tardaría media hora en deshacerse los nudos. Intentó peinárselo con los dedos e hizo una mueca de dolor al arrancarse algunos pelos. Salió del cuarto de baño y vio a Guy que entraba con una bandeja con una cafetera, dos tazas, una jarra con leche y un azucarero.

–Muy tentadora –comentó él mientras dejaba la bandeja.

–En estos momentos, no tengo otra cosa que ponerme –replicó ella.

–No digas nada hasta que hayas bebido algo de café. Habla por señas. ¿Leche?

Ella asintió con la cabeza y juntó los dedos para indicar que quería poca.

–¿Azúcar?

Ella asintió vigorosamente con la cabeza. Él sirvió dos tazas y le dio una a ella.

–Bebe y no digas nada hasta que vuelvas a ser humana.

Era humana. El problema era él, pero obedeció y se bebió el café.

–¿Mejor? –preguntó él cuando hubo terminado.

–No mucho –contestó ella–. Detesto las mañanas después de algo embarazoso. No sé qué decir aparte de que me siento incómoda y desastrada.

–No estás desastrada.

–No buscaba un halago –replicó ella con los ojos entrecerrados–. Sé que tengo el pelo enmarañado y que tardaré siglos en deshacerme los nudos.

–¿Es eso lo que te preocupa? –él dejó la taza, fue al cuarto de baño y volvió con un peine–. Siéntate y te desharé los nudos.

–Gracias, pero prefiero hacerlo yo misma.

–¿Te da miedo que te arranque el pelo?

–Ya que lo preguntas, sí. Necesitaré una tonelada de crema suavizante.

–Una vez conocí a otra que tenía el mismo pelo que tú y aprendí a deshacerle los nudos antes de que empezara a tirar cosas

–Yo no tiro cosas –replicó ella–. Entonces, ¿anoche te acostaste conmigo porque te recuerdo a alguien?

–No. Me acosté contigo porque bailaste con los niños.

Ella sacudió la cabeza con incredulidad.

–Estás como una cabra.

Él se rió y dio unas palmadas en la cama, a su lado.

–Siéntate aquí. Te prometo que no voy a hacerte daño y no vas a necesitar crema suavizante.

–Sí, claro… –farfulló ella sentándose a su lado.

Para su sorpresa, era increíblemente delicado y casi ni sintió los tirones.

–Anoche animaste a todo el mundo –comentó él en voz baja–. Estuve observándote. No coqueteabas ni esperabas que nadie cayera a tus pies. Te ocupaste de que todos lo pasaran bien. Estuviste con mis tías y tíos abuelos y bailaste con los niños para que se sintieran partícipes. Tu calidez es irresistible y por eso me acosté contigo.

Ella no pudo decir nada, tenía un nudo en la garganta.

–Por eso y porque no pude olvidarme de ti en todo el día –siguió él–. Si tenemos en cuenta que he hecho muchas campañas de perfumes, puedo asegurar que eres la mujer más impresionante que he visto en mi vida y te deseaba con todas mis ganas.

Tanto como lo había deseado ella, con tantas ganas que se comportó más irreflexivamente que habitualmente, dijeran lo que dijesen las revistas.

–Para que lo sepas –concluyó él dándole un beso en el hombro.

Ella tuvo que hacer un esfuerzo para no darse la vuelta y besarlo en la boca. La noche había pasado, era un día distinto.

–Muy bien. Tu pelo está desenredado.

Ella se apartó y se dio la vuelta para mirarlo.

–Gracias por cuidarme en este momento y por lo que has dicho –Amber tomó aliento–. Además, siento haber estado arisca.

–*Ça ne fait rien.* ¿Qué pasa ahora?

–No lo sé… Anoche dijimos que no iba a pasar de ahí.

Aun así, a ella le gustaría que fuese algo más. Guy era una caja de sorpresas. Sabía deshacerle los nudos sin hacerle daño; se había dado cuenta de lo que hacía bien; no la trataba como a una cualquiera… Tenía algo que no podía definir, pero que lo hacía distinto a los hombres con los que solía salir. La intrigaba y quería saber más cosas de él.

–Entonces, ¿vas a volver a Inglaterra?

–Había pensado pasar unos días en St. Tropez, pero Allie ha estado contándome lo maravilloso que es Ardèche y he decidido hacer un poco de turismo. Si puedes proponerme sitios que debería visitar y dónde alojarme, sería maravilloso. Si no, buscaré en Internet y elegiré algún sitio que me guste por el camino.

Guy la miró. Era el momento de recomendarle el rincón más alejado de Ardèche y de volver a Grasse para encerrarse a trabajar en la casa de perfumes.

–Podrías quedarte aquí –dijo él por un arrebato disparatado.

–¿Te parece una buena idea después de lo que pasó anoche?

–Quería decir como… base de operaciones. No…

–Mensaje captado –dijo ella para sorpresa de él–. Sin embargo, si voy a ser tu invitada, quiero invitarte a cenar ya que no he traído ningún regalo.

–No hace falta.

–Sí hace falta. No soy una gorrona.

–No he dicho que lo fueses –replicó él con asombro.

–Anoche dijiste que no tengo vergüenza.

–Me pediste una donación para tu baile benéfico. ¿A cuántas personas se la has pedido?

–Eso no viene a cuento.

–Entonces, se la has pedido a muchas.

–Es por una buena causa –replicó ella con la barbilla levantada.

–Estás muy a la defensiva.

–¿Te extraña? Es posible que no sea una buena idea que me quede. Discutiríamos.

–Lo siento.

–¿Estás disculpándote? –preguntó ella con incredulidad.

–Suele ser al revés… –contestó él con una sonrisa–. Aprovéchalo.

–Entonces, ¿puedes resarcirme? –preguntó ella pensativamente.

–Di cómo.

Él lo dijo con despreocupación, pero tenía el pulso acelerado. ¿Acabarían otra vez entre las sábanas arrugadas?

–¿Te importaría dejarme una camiseta durante diez minutos?

–¿Una camiseta? –preguntó él sin salir de su asombro.

–El vestido está tan arrugado que no puedo ponérmelo. Si no quieres que escandalice a tus invitados cuando vaya desnuda a mi habitación, tengo que ponerme algo. La lavaré y plancharé antes de devolvértela.

–Apostaría cualquier cosa a que no has planchado nada en tu vida –replicó él entre risas.

–No soy vaga.

–Lo sé –él le acarició la mejilla–. Ayudaste la noche de la barbacoa. Pero no planchas, ¿verdad?

–De acuerdo. Utilizo un servicio de lavandería y alguien va a limpiar la casa. ¿Satisfecho?

–Me preguntaba qué hace todo el día una chica que sólo va de fiesta en fiesta.

–Voy a comer con las amigas, voy de compras y me río como una tonta mientras nos pintamos las uñas las unas a las otras –contestó ella con los ojos entrecerrados.

–No. Aparte de que no te ríes como una tonta, creo que te aburrirías de hacer sólo eso.

–¿Qué crees que hago todo el día? –le preguntó ella en tono retador.

–Creo que pasas la mitad de la semana hablando con gente para organizar galas benéficas y la otra mitad yendo a comer, al cine y al teatro con tus amigos. Ah… y yendo a fiestas, claro.

–¡Pillada! –exclamó ella–. Aunque me gusta ir de compras. Sobre todo, zapatos. ¿Puedes prestarme una camiseta?

–Creo que si algún hombre te viera sólo con una camiseta, se desmayaría –Guy fue al cuarto de baño y volvió con un albornoz–. Ponte esto. Además, no tienes que lavarlo antes de devolvérmelo.

Ella lo miró con una expresión muy elocuente y entonces, para sorpresa de él, se levantó y dejó caer la toalla. Él se quedó sin respiración cuando la miró y ella le sonrió con descaro antes de ponerse el albornoz y anudarse el cinturón.

–Es lo que te mereces por sinvergüenza –dijo ella.

Un arrebato de deseo lo dejó mudo y para cuando había pensado una réplica adecuada, ella ya le había dado un beso en la mejilla, había recogido su ropa y había desaparecido.

Volvió a sentarse en la cama. Amber lo intrigaba y fastidiaba. Era una chica mimada que iba de fiesta en fiesta y salía en las revistas, pero también era algo más. Además, la noche anterior sintió algo que no había sentido jamás. Esa intensidad dulce y abrasadora; cómo había reaccionado a sus caricias; cómo lo había acariciado hasta descubrir lo que le volvía loco… Si las cosas fuesen distintas, saldría con ella sin dudarlo. Aunque se lo tomaría con mucha más calma. Tenía que haberse vuelto loco al ofrecerle que se quedara allí. ¿Cómo iba a dormir si sabía que estaba al final del pasillo? Ni siquiera tenía el consuelo del laboratorio para pensar en otra cosa, sólo podía buscar a alguien que lo ayudara a resolver su problema. Una búsqueda que empezaba a parecerle infructuosa y le desesperaba la idea de no volver a hacer el trabajo que le apasionaba. ¿Para qué servía un perfumista sin olfato? Podría hacer otra cosa, pero no sería una vida, sería una mera existencia.

Capítulo Cinco

Amber, envuelta en el albornoz de Guy, pudo oler su aroma durante el camino hasta su habitación. Era tranquilizador, como si estuviera otra vez entre sus brazos. Era aterrador. ¿Desde cuándo había necesitado a un hombre para que la tranquilizara?

No podía clasificar a Guy. Tenía un *château* y una casa de perfumes, por lo tanto, era parecido, económicamente, a los hombres con los que solía salir, pero no era como ellos. No estaba tan claramente definido. No podía etiquetarlo. Guy tenía más facetas y quizá eso fuese lo que la alteraba, lo que la atraía. Era generoso y muy atento. Esa mañana había tenido la paciencia de deshacerle los nudos del pelo. Sin embargo, también se había enfurecido con ella por cortar una rosa. Había dejado muy claro que no quería tener una relación y, aun así, le había invitado a quedarse allí mientras visitaba la zona. «Como base de operaciones, no…». Claro, era de esas chicas que los hombres quieren besar, pero no casarse con ellas. No le parecía mal porque ella tampoco quería casarse. Además, si lo hacía, sería con alguien de su mundo. Sus padres eran un ejemplo de lo que no había que hacer. Eran de dos mundos completamente distintos y habían sido muy infelices juntos. Sin embargo, su padre volvió a casarse con una abogada que entendía el mundo de los negocios y fue feliz. Su madre, que iba por su cuarto mari-

do, no lo era tanto, pero quizá sólo fuese por Holly-
wood, donde los matrimonios de los famosos se airea-
ban demasiado y no aguantaban la tensión.

Amber dejó de pensar en eso, se duchó, se hizo
una coleta y se puso unos vaqueros negros y una camiseta de tirantes rosa. Tenía los zapatos adecuados,
de aguja, del mismo color que la camiseta y con una ti-
rilla alrededor del tobillo. Unas gotas de Chanel Nº 5,
un toque de pintalabios y ya estaba preparada para en-
frentarse al mundo. Si alguien comentaba algo sobre
su desaparición de la noche anterior, esbozaría una
sonrisa enigmática, con una sonrisa podía solucionarlo todo.

Guy había dicho algo de un desayuno en la carpa.
No sabía si le había tomado el pelo, pero, en cualquier
caso, siempre podría decir que había salido a tomar
un poco de aire fresco. En cuanto dobló la esquina del
jardín, comprobó que le había dicho la verdad y que
varios invitados estaban con cuencos de sopa de cebolla. Xav y Allie seguían allí y no se habían cambiado.

—Pensábamos que serías la última en marcharte.
¿Qué te pasó anoche? –le preguntó Allie en tono burlón.

Amber pensó que lo que le había pasado era el
hombre que estaba sentado a su mesa, pero no lo re-
conocería ni aunque la desollaran viva. Guy estaba
más impresionante todavía que la noche anterior. Llevaba unos pantalones vaqueros y un jersey de cachemir negro.

—Bambi… ¿Te pasa algo? –le preguntó Allie con
preocupación.

—Me duele un poco la cabeza. Demasiado champán.

—Creo que necesitas un sándwich de beicon –dijo
Allie con alivio.

—Prefiero tarta. Lo mejor para la resaca es la tarta.

—¿Tomas tarta para desayunar? —preguntó Guy con asombro.

—Los restos de un postre son mejores todavía. Si no has tomado merengue relleno de fruta o algo así de desayuno, es que no has vivido.

—Eso nos convierte a todos en zombis, ¿no? —preguntó Guy con una ceja arqueada.

—Habla por ti —ella le mandó un beso con la mano—. Voy a servirme un café.

—No hace falta. Aquí hay una jarra.

Para su asombro, él se movió y le dejó sitio. Sentarse a su lado le derretiría el cerebro, pero si rechazaba la invitación, todos notarían la tensión. Se sentó a su lado. Él tomó una taza de la bandeja y le sirvió café.

—No sé cómo te gusta…

Ella lo miró a los ojos. Era un mentiroso, lo sabía perfectamente. Café y sexo.

—Ponte la leche que quieras —añadió él sin inmutarse.

—*Merci, monsieur* Guy.

—¿De verdad comes postre para desayunar?

—También lee los menús empezando por el final —comentó Allie—. Una vez, quedamos para comer y pedí lo mismo que ella. Pidió dos postres…

—¿Qué puedo hacer? —preguntó Amber—. Soy golosa.

—Pero no tomas azúcar con el café. Eso es contradictorio —puntualizó Guy.

—No seas pesado, Guy —intervino Xavier—. Es un científico chiflado que no sabe comportarse en sociedad.

—Lo dice el viticultor chiflado a quien su esposa tiene que enseñarle las normas –replicó Guy con una sonrisa.

Cuando llegó el camarero con una bandeja de sándwiches de beicon, Guy dijo algo que Amber no pudo entender. Dos minutos más tarde, el camarero volvió con un cuenco con crema de limón y una jarra de nata.

–*Mademoiselle*… –le dijo él con una sonrisa–. *Pour vous*.

Guy no dijo nada, pero tenía los ojos arrugados y a ella le había emocionado que se hubiese tomado la molestia de pedírsela.

–*Merci* –le dijo ella al camarero–. Gracias también a ti, Guy.

Él había creído que era un farol, pero lo sorprendió comiéndose hasta la última gota con mucho placer. Su exesposa no había tocado jamás un postre ni nada que tuviera hidratos de carbono. Amber, en cambio, se había servido abundante nata por encima de la crema de limón.

No podía descifrar a Amber. Parecía entregada plenamente al placer. Incluso, rechazó una oferta para trabajar con Allie, algo muy raro porque lo que mejor hacía era organizar galas y encandilar a la gente con una sonrisa. Habría sido una profesional muy buena, pero prefería organizar festejos a cambio de nada, por diversión. Aunque la noche anterior también le reconoció que era por una causa importante para ella, por lo que tenía una faceta seria que mantenía oculta.

Además, ¡esos zapatos! Cuando la vio doblar la esquina con esos zapatos disparatados, quiso tomarla en brazos y volver a llevarla a la cama. Tenerla de invitada iba a ser nefasto para su salud mental. ¿Acaso no había aprendido de los errores con Vera? Amber pertenecía al mismo mundo, a una vida reflejada en las revistas a través de las cámaras. Él era un científico chiflado y no encajaba en ese mundo de cotilleo y paparazzi.

–Ha sido delicioso –comentó Amber con una sonrisa–. Además, el placer lo es todo en la vida.

–Guy, ése podría ser el nombre de tu nuevo perfume –dijo Xavier–. Placer.

El nombre del perfume todavía era un secreto. Era curioso que el nombre cariñoso que empleaba con Amber se pareciera mucho.

–Todavía estoy pensando en el nombre –dijo Guy.

–«Alegría» estaría bien –propuso Amber.

–Ese nombre ya se utilizó en mil novecientos treinta –replicó Guy.

–¿De verdad? –preguntó ella con sorpresa.

–Es uno de los más famosos de Patou. Es un buen nombre, pero no puedo utilizarlo.

–No discutas con él, Amber –intervino Allie–. Tiene una memoria enciclopédica y puede decirte quién elaboró el aroma, sus matices y quién diseñó el frasco.

–Bueno, si no, no sería perfumista.

Seguramente, ya no lo sería durante mucho tiempo. Guy hizo un esfuerzo para sofocar el miedo. Esperaría a estar en su laboratorio y comprobaría en Internet si habían investigado algo durante esos dos días. No era la única persona del mundo con anosmia.

Después de desayunar, Xavier y Allie se cambiaron y se marcharon con rumbo a París. El resto de los invitados fueron desapareciendo del *château* y unos operarios se llevaron la carpa. Guy también desapareció y Amber se sentó a la mesa de la terraza con papel, bolígrafo y el teléfono móvil y empezó a buscar sitios por

Internet. Una hora más tarde, Guy salió del laboratorio para hacerse un café. Miró por la ventana de la cocina y vio a Amber tomando notas. Pensó que también podía hacerle un café y le llevó una taza. Efectivamente, estaba tomando notas, pero lo más impresionante era que con la mano izquierda contestaba mensajes de texto mientras tomaba las notas con la derecha. Decidió no molestarla y dejó la taza a su lado sin decir nada, pero ella levantó la mirada y sonrió.

–Gracias, muy amable.

–*Ça ne fait rien*. A lo mejor hace un poco de frío, pero báñate en la piscina si quieres.

–Gracias.

Ella volvió a sonreírle y él no pudo evitar imaginársela en el agua sexy a más no poder. Miró al suelo para intentar pensar en otra cosa. Fue un error. Seguía llevando esos zapatos ridículos. Parecían muy incómodos y no dejaba de pensar en sus pies descalzos, en sus piernas interminables rodeándole el cuerpo.

–Intentaré no entorpecer tu vida mientras esté aquí –comentó ella.

Podía intentarlo, pero se temía que no iba a conseguirlo. Tenía la espantosa sensación de que pensaría en ella mientras estuviera allí. Tenía algo que le captaba la atención.

–¿Qué haces?

–Estoy organizando adónde voy a ir –le enseñó la lista–. ¿Qué te parece?

Él la ojeó. Eran lugares turísticos y algunos de los más bonitos del mundo.

–Te gustarán.

–¿Se te ocurre algo más? Sobre todo se produce vino, ¿verdad?

–Y castañas, aceitunas y lavanda.

–Muy bien. ¿Podríamos ir a un sitio de cocina local para esa cena que te debo?

–No me debes ninguna cena.

–Ya hemos discutido eso y he ganado –replicó ella.

–Como digas. ¿Cuándo habías pensado?

–Esta noche.

Antes, tendría que darse una ducha de agua fría para no tocarla, sobre todo, si llevaba esos zapatos.

–Reservaré una mesa. Tengo que hacer algunas cosas esta tarde.

–Muy bien. ¿Quedamos a las siete en la puerta? Conduciré yo.

–Conduciré yo –le corrigió él.

–¿En ese todoterreno monstruoso? Mi coche de alquiler es más divertido.

–El monstruo es de Xavier. Te apuesto lo que quieras a que el mío es más divertido.

–¿Una apuesta? ¿Qué nos apostamos?

Él se quedó sin respiración. Un beso. Notó en sus ojos que ella había pensado lo mismo. Sus labios ardientes, su lengua jugando con la de ella, el cuerpo desnudo de ella…

–No apostamos nada. Era una forma de hablar –farfulló él.

Sonó el teléfono de ella, que lo miró y sonrió.

–Tengo que contestarlo. *Ciao.*

Lo despidió con la mano y se puso a charlar con una despreocupación increíble, como si no hubiese pasado nada. Iba a volverlo loco e iba a necesitar una ducha de agua fría. Sobre todo, cuando vio su albornoz doblado sobre la cama. Sin poder contenerse, se lo llevó a la cara y aspiró aunque sabía muy bien que no podía captar su olor. Efectivamente, estaba volviéndose loco porque habría jurado que había olido a rosas.

Aunque no era una cita, iba a arreglarse. Los zapatos rosas le parecieron demasiado llamativos y se decidió por el vestido negro, unos zapatos negros de tacón alto y un collar pequeño de perlas negras. Volvió a recogerse el pelo con las horquillas de perlas blancas, se dio contorno de ojos y se pintó levemente los labios. Se miró en el espejo. Estaba perfecta, como si fuera una reunión profesional y lo era en cierto sentido, no era una cita amorosa.

Cuando se encontró con Guy en el recibidor, tuvo que tragar saliva. Iba vestido con unos pantalones negros y un jersey de cachemir azul grisáceo que le resaltaba el color de los ojos. Estaba un poco despeinado, como si se hubiese rascado la cabeza mientras trabajaba en su misterioso laboratorio. Le recordó a su aspecto de esa mañana, también despeinado y sólo con los pantalones puestos. No podía ser. Lo de anoche había sido algo aislado y a ella no le interesaban los hombres. Sin embargo, sabía que bastaría que él la llamara con un dedo para que se lanzara en sus brazos y lo besara hasta que los dos perdieran el sentido. Tenía que dominarse.

Amber se quedó atónita cuando él abrió la puerta y vio el coche que los esperaba. Era estilizado y descapotable.

—¿Te gusta? —le preguntó Guy mientras abría la puerta del acompañante.

—No está mal.

—¿Vas a reconocer que es mejor que el tuyo?

–Es mejor, pero un poco llamativo para ti.

–Es mi vicio solitario –él la miró de soslayo mientras se montaba en el coche–. Bueno, uno de ellos.

A ella se le secó la boca. La noche anterior había comprobado uno que dominaba.

–No sé si me atrevo a preguntarte cuáles son los otros –replicó ella en tono coqueto.

–El coche es el primero. Éste…–Guy encendió el aparato de música–…es el segundo.

–¿El rock duro? –preguntó ella con asombro.

–El número tres es…mejor no decirlo.

Sabía perfectamente adónde quería llegar y si quería jugar a eso… Amber se movió en el asiento para que se le levantara el borde del vestido y notó que había acertado cuando él subió el volumen de la música para que no oyera su respiración entrecortada.

–Perdona. Tengo la mala costumbre de oír la música a todo volumen –se disculpó él bajándolo.

–No me importa. Al menos, puedes cantarla.

–¿Estás haciéndote mayor? –bromeó él.

–Sólo soy cuatro meses mayor que tú.

Él no dijo nada.

–¿Qué pasa? –le preguntó ella.

–¿Cómo sabes mi edad?

–La miré en Google. También sé que ganaste un premio cuando eras muy joven, que creaste un par de perfumes para una marca importante y que luego montaste tu casa de perfumes cuando todavía eras muy joven –Amber hizo una pausa–. También sé que estuviste casado con una supermodelo.

–Efectivamente.

–Ahora tiene el pelo liso y es rubia. No se parece nada al mío.

–¿De verdad? –dijo fingiendo indiferencia.

–Supongo que debería sentirme halagada… ¿o por eso te caigo mal?

–No he dicho que me caigas mal.

–No hace falta que lo digas. Supongo que antes tuvimos que parecernos. ¿Por eso fuiste tan arisco conmigo en la rosaleda?

–¿Tenemos que hablar de eso? –preguntó él con fastidio.

–Sí. Me molesta que te acostaras conmigo por ella.

–No me acosté contigo por ella.

–Me contaste que habías conocido a alguien con un pelo así y que tiraba cosas. ¿Así aprendiste a deshacer los nudos del pelo?

–No te pareces a ella. Aunque pertenecéis al mismo mundo.

–Por eso no quieres salir conmigo.

–Sí, es uno de los motivos. No me interesa cotillear sobre la vida amorosa de los demás y tampoco me interesa vivir en un mundo donde impera lo trivial.

Ella pensó que cuando estuvo casado con una supermodelo, tuvo que ser víctima de los paparazzi, pero en su mundo había cosas que no eran cotilleos.

–¿Cuáles son los otros motivos? –preguntó ella con curiosidad.

–Creía que tú tampoco querías salir conmigo.

–No. Seguramente creas que sé que estás forrado y que espero que me hagas regalos caros. Para que lo sepas, tengo un piso en Londres y un fideicomiso. Tengo mi dinero y no espero que los hombres me hagan regalos. Aunque, si quieren, acepto mi cuarto vicio.

–¿Los zapatos?

–El chocolate.

–Por curiosidad –dijo Guy con despreocupación–, ¿por qué ibas a querer salir conmigo?

–Tenemos vicios comunes. Concretamente, el número uno.

–Yo habría dicho el número tres –replicó Guy en tono más grave.

Súbitamente, el coche se quedó sin aire y ella pudo recordar lo que sintió al tenerlo dentro. Toda su potencia canalizada dentro de ella y que la arrastraba hasta el límite.

–¿Se puede quitar la capota?

–¿En una noche de otoño?

–Sí.

Él apretó un botón y la capota se plegó. Entre el ruido de la carretera y del viento, además de la música, era imposible mantener una conversación. Lo cual era de agradecer. ¿Qué tenía que la atraía tanto?

Guy aparcó delante de un sitio bastante anodino, volvió a poner la capota y apagó la música. En cuanto entraron y Amber captó el olor de la comida, supo que había elegido un buen sitio.

–Este sitio huele de maravilla –comentó ella.

¿Él puso un gesto de espanto o se lo había imaginado ella?

–Sí, la comida es muy buena. ¿Qué quieres beber, Amber?

–Algo suave, por favor.

–Voy a conducir yo…

–Seré una juerguista, pero me cuido el hígado. Agua con gas y una rodaja de naranja, por favor.

–¿No quieres limón? –preguntó él en tono burlón–. ¡Ah! Te gusta el dulce. Seguro que tu quinto vicio es el chocolate blanco.

–No te pases de listo.

–Lo es, ¿verdad?

–Para que lo sepas, es el praliné. Para tu información, lo prefiero al número tres.

–¿De verdad? Muy interesante...

Ella estuvo a punto de decirle que podía demostrárselo, pero supo que era lo que él quería que hiciera.

–¿Te importaría mucho pedir los menús y el agua?

–Aquí no hay menú. Te sirven lo que le apetece cocinar al cocinero.

–Muy bien. No me importa –ella lo miró con los ojos entrecerrados–. No soy de las que se quejan de todos los platos y tienen que cambiárselos para hacerse las importantes.

Estaba segura de que su ex lo hacía y como ella pertenecía a su mismo mundo, también estaba segura de que él la juzgaba con el mismo rasero y eso no era justo. Había llegado el momento de cambiar de tema.

–¿Por qué elegiste la profesión de perfumista?

Guy pensó que estaba siendo educada, pero había elegido el único tema que podía animarlo de verdad: su profesión, que pronto sería su exprofesión si no encontraba una solución.

–En el colegio me gustaba la química y me interesaba cómo los olores pueden cambiar las percepciones y los estados de ánimo.

–Y esta noche llevas tu aroma emblemático: Bergamote Fraîche...

–¿También lo has buscado en Internet?

–No. Lo capté ayer.

Ella se sonrojó un poco y él supo exactamente dónde lo había captado, en su piel, mientras la besaba. Se puso tenso al recordarlo.

–Gina dijo que *Celebrity Life* puso por las nubes tu gel de ducha cítrico. Tiene que ser lo único agradable que ha hecho. Allie dijo que fue la primera fragancia que creaste para Perfumes GL.

También era posible que acabase de crear la última. Intentó no demostrar la tensión.

–Has hecho los deberes… ¿Por qué has dicho que era lo único agradable que ha hecho *Celebrity Life*?

–Por nada –contestó ella con desdén.

–¿Esa revista cuenta historias de ti?

–Que no hago caso.

–Puedes demandarlos –comentó él al recordar que Vera lo había hecho.

–Si lo hiciera, disfrutarían más –replicó Amber con un suspiro–. La revista nunca dice mentiras absolutas y no puedo demandarlos. Se trata de cómo deforman los hechos. Supongo que tengo que resignarme. Nunca leo esa revista aunque las historias acaban llegándome por los demás.

–¿No te fastidia?

–Me fastidiaba, pero lo analicé. Cuando la gente ha pasado un día horrible en el trabajo, puede llegar a casa y relajarse con una revista, ver las cosas que llevan las famosas y descubrir dónde pueden conseguir la misma imagen por menos dinero. ¿Quién soy yo para impedirles que disfruten?

Él no se lo había planteado desde ese punto de vista. Sólo había pensado en la intromisión y Vera se enfurecía cuando una revista le sacaba una foto en una fiesta y hacía exactamente eso.

–¿Te acosan los paparazzi? –le preguntó él.

–De vez en cuando. Esta semana van a sacar una historia fantástica de mí –le contó ella poniendo los ojos en blanco—. La semana pasada fui a Venecia a recoger las copas que he regalado a Xavier y Allie. Alguien me fotografió cuando me caí al montarme en un taxi acuático. Vi el destello. Me da igual. Tendrán una foto preciosa de mis zapatos y si la publican, puedo llamar a *What's Hot!*, la competencia de *Celebrity Life*, para decirles dónde los he comprado. Una amiga de Gina se hizo diseñadora de zapatos y sus zapatos son maravillosos. Si hablan de ella, le vendrá muy bien para las ventas.

—Y ella te regalará zapatos…

—Claro que no —replicó ella con indignación—. Si Zaza me regalara los zapatos, ¡se arruinaría! Ya te lo he dicho, me pago mis cosas.

—No quería ofenderte. Sin embargo, te veo muy relajada con las revistas.

Vera habría pasado varios días furiosa si creía que iban a publicar una foto poco favorecedora de ella. ¿Acaso Amber estaba disimulando como hacía él?

—De adolescente me ponía muy nerviosa, pero mi madre me explicó que si sonreía todo el tiempo, tenía la sartén por el mango —Amber dio un sorbo de agua mineral—. Eso es lo que hago. No dejo de sonreír. Cuanto mayor es la tensión, más amplia es la sonrisa.

Guy se encontró hablando con ella de todo tipo de cosas, desde los libros que le gustaban hasta que echaba de menos tener un perro, pero que no le parecía justo tener uno cuando pasaba tanto tiempo en el laboratorio y vivía entre Grasse y el *château*. A ella también le gustaban los perros, pero no quería tenerlo encerrado en el piso de Londres. Además, le gustaba comer, no como a Vera, quien mordisqueaba una hoja de lechuga y decía que estaba llena. Ella comía con gusto y comentaba los platos. No conseguía descifrarla. Cuando creía que la había clasificado, ella decía o hacía algo inesperado. Podía ser una mimada que se aprovechaba de las revistas o mostrar una profundidad inesperada. Cuando empezaba a creer que era especial, hacía o decía algo que le recordaba a su exesposa. Sin embargo, lo intrigaba como no había hecho nadie. ¿Qué tenía?

–Allie dijo que había intentado convencerte para que le organizaras actos. ¿Por qué lo rechazaste? –le preguntó él.

–Porque no quiero atarme a los horarios de nadie. Organizar bailes benéficos y ayudar a organizar fiestas es divertido y puedo seguir haciendo lo que quiero. Puedo comer con mis amigas sin preocuparme de que vaya a llegar tarde al trabajo. También puedo ir a ver a mi madre a Los Ángeles –ella miró el chocolate que quedaba en un plato entre los dos–. Como eres mi invitado, debería ser amable y ofrecértelo.

–Como soy tu invitado, lo rechazaré para que puedas comértelo. ¿Estás segura de que el chocolate sólo es el cuarto en tu lista de vicios? –él no podía evitar meterse con ella.

–No seas canalla –replicó ella poniéndose roja.

Luego, se vengó porque se comió el chocolate muy despacio. Era como si el chocolate fuera un objeto sexual para su boca y él no podía apartar la mirada de ella. Cuando terminó, él casi no podía respirar y ella le sonrió con malicia.

–Iré a pagar.

–No, pagaré yo.

–El trato fue que me dejarías invitarte a cenar por invitarme al *château*, pero a lo mejor te pido ayuda si no me entiendo por el idioma.

Él pensó que no iba a necesitar ayuda, que sonreiría y todos acabarían sonriendo. Encandilaba a todo el mundo. También lo había encandilado a él. Aunque sabía que no debería salir con alguien de su mundo, su desenfado y optimismo eran contagiosos y no podía resistirse.

De vuelta al *château*, más relajado, puso música clásica.

—Esto es lo que me imaginaba que oías –comentó Amber.

—Sí, cuando trabajo –Guy la miró–. ¿Quieres que vuelva a quitar la capota?

—No hace falta. He comido chocolate.

—Vaya, ¿el vicio número cuatro sustituye al tres? –preguntó él con sorna.

—Hay estudios que demuestran que las mujeres prefieren el chocolate al sexo. Tiene que ver con los centros nerviosos que transmiten la sensación de saciedad. De acuerdo, dejé la universidad, pero no fue porque fuese tonta.

—Cualquiera que hable contigo se da cuenta de eso. ¿Qué estudiabas?

—Historia del arte. Sin embargo, como no quería trabajar en un museo, me pareció que era preferible que mi plaza la ocupara alguien que estuviera interesado de verdad.

—Muy honrada.

—Mi padre no pensó lo mismo, pero acabó cediendo. Cuando amenacé con convertirme en modelo, dejó de incordiarme con que tenía que encontrar un empleo como Dios manda.

—¿Quisiste hacerte modelo? –preguntó él aterrado.

–¿Para mantenerme a base de hojas de lechuga? Imposible, me gusta comer.

–Estás lo bastante delgada para poder comer lo que quieras.

–Aun así, no lo haría. Es un mundo atroz. La gente quiere que fracases, hay muchas envidias y puñaladas traperas. No, gracias. Eso no es divertido.

–Toda tu vida gira alrededor de la diversión.

–Efectivamente, aunque no espero que lo entiendas.

–¿Porque soy aburrido? –preguntó él acordándose de la acusación de su exesposa.

–No, porque eres inteligente. Eres un científico y buscas otras cosas en la vida.

Él pensó que había dado en el clavo. Cuando vivió con Vera, no soportaba la atención de las revistas ni los cócteles en los que tenía que hablar con gente que no tenía nada que ver con él. Amber, como Vera, adoraba las fiestas y conocer gente. Eran completamente distintos y no tenía sentido empezar algo que nunca saldría bien. Daba igual lo tentadora que le pareciese. Además, habían acordado que la noche anterior sería la última noche.

Capítulo Seis

Cuando llegaron al *château*, Amber dijo que estaba cansada. A Guy le pareció que no era verdad, pero no dijo nada y se fue al laboratorio para rebuscar en Internet. Aunque le escocían los ojos cuando terminó, no pudo serenarse. No sabía si era porque no habían encontrado nada nuevo o porque Amber estaba dormida en el piso de encima y lamentaba no haber aprovechado la ocasión para cambiar las cosas entre ellos y empezar a considerarla como se merecía. Aunque no era el momento de su vida más adecuado para tener una relación, ella tenía algo que iluminaba su mundo. Quería aprovechar la ocasión, pero le parecía injusto utilizarla de esa manera. Bastante la había utilizado al acostarse con ella para que lo ayudara a olvidarse de sus preocupaciones.

—Eres un desastre —se dijo a sí mismo—. Tienes que dormir. Quizá por la mañana todo parezca distinto.

Al llegar al pie de la escalera, se dio cuenta de que la luz de la cocina estaba encendida. Fue a apagarla y se encontró a Amber inclinada sobre la mesa.

—¿Te pasa algo? —le preguntó.

—No podía dormir. Me he preparado un poco de leche caliente con canela.

—Canela…

No podía olerla, pero recordaba su aroma embriagador y estimulante como ella.

–Perdona. Debería habértelo preguntado. Espero que no te importe que haya hurgado en tu cocina.

–No te preocupes. Toma lo que quieras.

–¿Te pasa algo? –le preguntó ella con los ojos entrecerrados.

–No –mintió él.

–Tienes los ojos irritados como si hubieses pasado mucho tiempo delante del ordenador.

–Yo tampoco podía dormir.

–Prueba esto –le recomendó ella dándole la taza.

Él dio un sorbo para complacerla porque también estaba perdiendo el sentido del gusto.

–¿Por qué no podías dormir? –preguntó él.

Se hizo un silencio bastante prolongado, pero él esperó a que ella contestara.

–Número tres –dijo ella con un suspiro.

Él se quedó impresionado de que hubiera tenido el valor de reconocerlo.

–A mí me pasa lo mismo –dijo él en voz baja–. Quizá debiera llamar así a mi perfume nuevo.

–¿De eso trata tu perfume nuevo?

–No.

Sin embargo, sabía perfectamente que quería conseguir un aroma hipnótico y sensual, resplandeciente en la superficie y dulce en lo más profundo. Como ella. Sin embargo, le desesperaba no poder hacerlo. Tenía todos los matices en la cabeza y quería ir corriendo al laboratorio para crearlo, pero era inútil. No podía hacer nada en ese momento, pero el otro problema, el de la atracción entre ellos, sí podía resolverlo.

–Entonces, ¿qué vamos a hacer al respecto? –le preguntó él.

–No lo sé, pero creo que no es una buena idea que

me quede aquí –Amber le quitó la taza y dio un sorbo–. Sobre todo, si vas a ponerte ropa que da ganas de tocarla. Soy un poco impulsiva y no siempre puedo contenerme. A ti te da igual. Tienes un trabajo sensato, una vida sensata y una forma de ser sensata.

–No siempre. Sobre todo, cuando la mujer más hermosa que he conocido decide levantarse la falda en mi coche –Guy la miró–. ¿Llevas algo debajo de ese trozo de tela?

–No creo que deba contestar.

–Creo que acabas de hacerlo.

–De acuerdo. Voy a subir a darme una ducha muy fría y mañana me iré a un hotel.

–No –él le tomó una mano y se la llevó a los labios–. Sé que es una idea pésima, pero ninguno de los dos vamos a dormir si no hacemos… algo.

–¿Qué estás proponiendo? –le preguntó ella atónita–. ¿Que tengamos una aventura disparatada?

–Una noche no ha bastado –contestó él–. A lo mejor necesitamos más tiempo.

–Pero no va a ser nada serio…

–De acuerdo.

–Entonces… –ella tomó aliento entrecortadamente–. ¿Empezamos ahora?

–Desde luego.

La abrazó y la besó en la boca cálida, dulce y sexy, como las manos que se introdujeron por debajo del jersey para acariciarlo.

–En mi habitación –susurró ella.

–Tú mandas.

***

Cuando Guy se despertó en la cama de Amber, quedó desconcertado al comprobar que estaba solo. Las sábanas estaban frías y supo que llevaba un rato solo. Podía ver el cuarto de baño desde la cama y ella no estaba duchándose.

–Amber…

No hubo respuesta. Se levantó de la cama, se puso la ropa interior y los pantalones y bajó las escaleras. Estaba en la cocina, descalza y con su bata de seda. Supo que no llevaba nada debajo y se le disparó la presión arterial. Se quedó mirándola mientras revolvía algo en un cuenco. Estaba absorta. Estaba maravillosa y tuvo que hacer un esfuerzo para no acercarse.

–*Bonjuor, mon ange* –la saludó desde la puerta.

Ella se dio la vuelta y le sonrió de una manera que hizo que el corazón le diese un vuelco.

–*Bonjour*, Guy. Iba a llevarte el desayuno, pero, ya que estás levantado, siéntate. Estoy haciendo tortitas.

–¿En Inglaterra tomáis *crêpes* para desayunar? –le preguntó él sin salir de su asombro.

–No, pero mi madre las hace en Los Ángeles. Son tortitas americanas para desayunar, más gordas y esponjosas. Vamos a tomarlas con manzanas asadas y chantillí.

–Interesante –dijo él aparentando no inmutarse–. ¿Hago café? Puedo hacer zumo…

–Sería estupendo, gracias.

Si hacía seis meses alguien le hubiera dicho que disfrutaría rondando por la cocina mientras otra persona hacía el desayuno, se habría muerto de la risa. Sin embargo, hacía seis meses ya llevaría un par de horas en el laboratorio. Todo había cambiado mucho. ¿Volvería a ser normal? ¿Volvería a crear aromas y a sentirse vivo al despertarse en vez de sentirse un inútil que intentaba ocultar la verdad a todo el mundo? Dejó de pensar en eso para hacer café y zumo y en poner la mesa mientras ella hacía tortitas. Colocó a Amber en la cabecera y a él en un lado.

–El café está preparado.

Guy sirvió dos tazas, añadió leche y las dejó junto a los vasos de zumo.

–Una coordinación perfecta. Siéntate.

Ella dejó un cuenco con nata batida, otro con manzanas asadas y una fuente con tortitas.

–Sírvete.

Estaba seguro de que no podía paladearlas como ella porque había perdido el gusto, pero las tortitas eran tan esponjosas que se le derritieron en la boca y combinaban perfectamente con la manzana y el chantillí.

–Reconozco que es fantástico. Se te da muy bien.

–Gracias.

–Es posible que tengas razón con los desayunos –Guy se sirvió más–. De ahora en adelante, siempre te asociaré con manzanas y vainilla.

–¿No se considera que la vainilla es ñoña? –preguntó ella con sorna.

Él la describiría como cualquier cosa menos ñoña.

–No. Es dulce, pero también increíblemente sensual

–Vaya, gracias.

–Además, cuando te sonrojas así, me entran ganas de que te sonrojes por todo el cuerpo.

–Lo tomaré como una promesa. Esta noche.

¿Por qué no en ese momento? La pregunta debió de reflejarse en su cara.

–Seguramente tengas que trabajar y yo ya tengo planes para hoy –explicó ella.

–Ah…

–Me voy de excursión. ¿Te acuerdas de la lista que hice?

–Sí…

–¿Qué? –preguntó ella con los ojos entrecerrados–. ¿Crees que como soy mujer no puedo orientarme?

–No, pero no conoces la zona.

–Hay una cosa que se llama GPS.

–Ya, ¿pero no sería más fácil si otra persona condujera? Alguien que conozca la zona y pueda encontrar un sitio agradable para comer.

–No me paso la vida comiendo…

–No es lo que dijiste ayer…

–Estaba enfadada contigo.

–Y también lo estás ahora.

–Porque sé lo que estás haciendo. Quieres que me enfade y que nos acostemos para reconciliarnos.

–¿Estás llamándome simple? –le preguntó él con una carcajada.

–Solo tenéis un cromosoma X –contestó ella con los ojos en blanco–. Claro que sois simples.

–Llevas un trozo de seda rosa y nada debajo. ¿Qué esperas?

–Bueno, soy una chica insustancial que va de fiesta en fiesta.

Ella lo dijo con desdén, pero él captó que le había dolido y no sabía por qué.

–Amber…

Ella le sonrió, pero él se acordó de lo que le dijo la noche anterior y supo que sonreía para dominarse. Le tomó la mano y se la besó.

–Noto que te he disgustado y lo siento. No sé qué he dicho, pero no quería ofenderte. Si quieres que te lleve a los sitios que quieres visitar, estaré encantado.

–¿No tienes que trabajar?

Tenía que trabajar, pero no podía. Cuando estaba con ella, conseguía que dejara de darle vueltas al problema que parecía alejarse cada vez más de la solución.

–Puedo tomarme un día libre –se inclinó y la besó–. Gracias por el desayuno, *mon ange*. Voy a ducharme y si queremos salir hoy, tengo que ducharme solo. ¿Quedamos en la puerta dentro de una hora?

–¿Tanto tardas en arreglarte? –preguntó ella con asombro.

–No.

Eso era lo que tardaba Vera y había dado por supuesto que ella tardaría lo mismo.

–Dame cinco minutos para recoger la cocina y otros diez para ducharme y cambiarme.

–¿De verdad? –él no podía creérselo–. No recojas. Te ayudaré cuando volvamos. Me he comido la mitad y lo mínimo que puedo hacer es recoger la mitad.

–Trato hecho.

Esa vez, Guy notó que su sonrisa era sincera. Quince minutos después, cuando se encontraron en la puerta, él la miró a los pies y suspiró.

–Amber, ¿de verdad crees que puedes andar con esos zapatos?

Al menos, no eran los rosas, pero eran muy parecidos y de color turquesa.

–Sí. Salvo que pienses arrastrarme por una montaña.

–Eso era lo que pensaba hacer. ¿No tienes unas botas?

–Vivo en Londres y no suelo salir al campo los fines de semana. No tengo botas.

–¿Unas zapatillas deportivas? –preguntó él.

–Los únicos zapatos planos que tengo son lo de la clase de baile y están en Londres –contestó ella con fastidio.

Justo cuando había pensado que era distinta, hacía lo mismo que habría hecho Vera. ¿Por qué no podía acordarse de que pertenecían al mismo mundo?

–De acuerdo. No iremos a la montaña.

–No intento incordiar y puedo andar todo el día con estos zapatos –replicó ella.

–Como quieras.

–¿Quieres apostar algo? Si apuestas, al acabar el día me deberás una caja del mejor praliné.

–¿Y si gano yo? –preguntó él.

–Lo pondré en tu cuerpo y me lo comeré –contestó ella con una sonrisa.

Él se quedó completamente mudo por la imagen que había formado en su cabeza.

–¿Qué te pasa…? –le preguntó ella en tono burlón.

Como respuesta, él la tomó entre los brazos y la estrechó contra sí.

–Acepto –susurró ella.

Era una bocazas. Si seguía así, él iba a despreciarla y, sinceramente, quería ser distinta. Saber que le recordaba a su ex la había alterado. ¿Por qué se empeñaba en pensar eso de ella? Sabía que Guy censuraba su mundo, había pasado por él y lo detestaba. Cuando estaba con él, repasaba su vida y no sabía si le gustaba lo que veía. Su mundo era la diversión, pero se basaba en la frivolidad. Se pasaba el tiempo charlando, comiendo, comprando y en fiestas. No hacía nada profundo y todo era apresurado… incluso la aventura con Guy.

Sin embargo, no todo el mundo podía hacer algo trascendental. Ella no era especial, era una chica que iba de fiesta en fiesta y no engañaba a nadie. Nunca hacía daño a nadie. Hacía que la gente sonriera y estuviera a gusto y eso no era malo. Tenía que dejar de obsesionarse con lo distintas que eran sus vidas. Eso era algo temporal y daba igual.

Guy había tomado prestado el coche de Xavier y eso quería decir que iba a ir por las montañas. Subiría esas montañas con sus zapatos aunque tuviera ampollas durante una semana.

Guy la llevó hacia el norte por un paisaje escarpado. Era impresionante y le encantó el lago de Issarles, un cráter inmenso, lleno de agua azul oscuro y rodeado de prados.

–Es más bonito en primavera –comentó él–, cuando está lleno de flores. ¿Qué tal los pies?

–Muy bien, gracias –aunque le dolían, no iba a reconocérselo–. Es precioso. ¿Es una zona volcánica?

–Sí. Voy a llevarte a la lengua de lava más larga de Francia.

Guy se adentró por un paisaje casi lunar.

–*La cascade du Ray-Pic* –leyó ella en el cartel del aparcamiento.

–Una de las más impresionantes que verás en tu vida –le aseguró él.

Caminaron por un bosque y subieron algunos escalones muy toscos. Amber se tropezó un par de veces y se alegró de que Guy la agarrara de la mano.

–¿Vas a reconocer que tus zapatos son los menos adecuados?

–Jamás –contestó ella aunque no le soltó la mano.

No temía caerse, pero le parecía muy romántico y podía imaginarse durante un rato que estaban saliendo juntos aunque esa aventura disparatada sólo era eso, un disparate temporal. Pudo oír el rugido del agua y, de repente, se encontraron delante del agua que descendía por una roca y caía en una poza de color turquesa.

–Es preciosa –susurró ella–. No sabía que Francia pudiera ser tan… agreste.

–¿Cómo creías que era?

–Lo que conocía de Francia era París y St. Tropez. ¡Ah! Una vez fui a esquiar a Val d'Isere.

–Me lo imaginaba –bromeó él–. Seguro que esquiaste una vez y te pasaste el resto del tiempo bebiendo chocolate caliente.

–No tiene nada de malo –ella se rió–. Me horrorizó esquiar, pero el *après-ski* fue divertido.

–Mmm, porque ni siquiera tú pudiste esquiar con esos zapatos.

–¿Por qué detestas tanto a mis zapatos?

–No los detesto, pero es el cuarto par que te he visto. ¿Cuántos tienes?

–No creo que quieras saberlo –replicó ella entre risas.

–Sí quiero.

–Te contaré un secreto. Tengo una habitación para los zapatos.

–Estás tomándome el pelo.

–No. Es más, hace un par de meses, *What's Hot!* hizo un reportaje de mi habitación de los zapatos. La sesión de fotos fue divertidísima. Puedes verlo en Internet si quieres. Ya te avisé de que no querrías saberlo.

Ella no pudo interpretar la expresión de su cara. Ya pensaba que no tenía vergüenza y también pensaría que era una ostentosa. Había que cambiar de conversación.

–¿No es hora de comer todavía?

–Mensaje captado –él se rió–. Vámonos.

Se detuvieron a comer en un pueblecito que colgaba de un cortado. El diminuto restaurante les dio una comida fabulosa y Amber disfrutó de cada instante. La tortilla estaba rellena de setas y se la sirvieron sobre una rebanada de pan con tomate. Guy eligió unas salchichas sobre un lecho de lentejas e insistió en que ella las probara.

–Fantástico –dijo ella.

Él carraspeó y señaló su plato con la cabeza.

–¿Quieres probarla? –le preguntó ella con una sonrisa.

Cuando Guy se olvidaba de que era un científico chiflado, era divertido estar con él… por no decir nada de lo sexy que era.

–¿Quieres postre? –le preguntó él.

–No había en la carta. Ya lo he mirado.

–Están en una carta aparte.

–¿Cómo? –ella suspiró–. No es justo, creo que no puedo más.

–Es una pena. Hay un postre de castaña increíble.

–Muy bien. Podemos esperar una hora hasta que tenga sitio para el postre o puedes pedirlo tú y yo lo pruebe.

–En otras palabras. Te duelen los pies y quieres descansar.

–¡No es verdad! --ella lo miró con rabia–. Pide el postre.

El postre resultó ser *pisadou*, unas capas de masa rellenas de crema de castaña con semillas de vainilla y *marrons glacés*.

–Es maravilloso –dijo ella señalando un *marron glacé*.

–Son castañas glaseadas. Tengo que reconocer que son una de mis debilidades.

–¿Vicio número…?

–Sería muy revelador.

Él la miró con ojos ardientes y a ella se le aceleró el pulso. Decidió que tenía que buscar recetas con castañas glaseadas y hacerle una para que la comieran en la cama.

Después de comer, Guy se dirigió entre desfiladeros hacia Pontd'Arc, un arco natural de piedra que cruzaba el río.

–Podríamos bajar los rápidos en canoa –propuso Guy.

–Encantada.

–¿Con tus preciosos zapatos? –preguntó él entre risas.

–Puedo quitármelos… para montar en canoa.

–¿Has montado en canoa alguna vez?

–No, pero parece divertido.

–Otro día. Vamos a relajarnos.

Se sentaron un rato en la orilla y, de vuelta a casa, pararon en otro pueblo que colgaba de un cortado y cenaron en una terraza con vistas a la puesta del sol. La comida también fue sorprendente. Empezaron con unos langostinos con uvas rojas, siguieron con un guiso de carne al vino tinto y castañas y acabaron con un helado de lavanda.

Guy le tomó la mano por encima de la mesa y ella se dio cuenta de lo fácil que sería enamorarse de él. Era una compañía fantástica y muy distinto de los hombres con los que solía salir, no era uno de sus mentirosos superficiales. Si alguna vez sentaba la cabeza, querría un hombre así. Alguien en quien confiar, que le impidiera ser insustancial, pero que le permitiera tentarlo para divertirse. Alguien que fuese su complemento en todos los sentidos de la expresión. Aunque sabía que no podía ser Guy. Había dejado muy claro que eso era una aventura. No podía perder la cabeza por él. Sin embargo, se temía que ya podía ser demasiado tarde.

Capítulo Siete

Durante la semana siguiente, fueron intimando cada vez más. Por la mañana, ella leía en la terraza mientras él trabajaba y nunca lo interrumpía en el laboratorio, como si supiera que era el trabajo de su vida. Él sabía que tenía curiosidad porque le había hecho preguntas, pero si no contestaba, ella tampoco insistía. Quizá se hubiera dado cuenta de que estaba eludiéndola, pero le agradecía la discreción.

Luego, solía llevarla a comer y pasaban la tarde haciendo turismo. Amber todavía no se había puesto los mismos zapatos dos veces y él había mirado la sección de *What's Hot!* para comprobar si le había tomado el pelo. Había dicho la verdad y salía impresionante. Había disfrutado de cada segundo de la sesión fotográfica y la cámara le había correspondido.

Sin embargo, allí, en Francia, disfrutaba merodeando por el *château* y por la cocina. ¿Cuál era la verdadera Amber? ¿La que salía en las revistas o la hogareña? No lo sabía. Aunque sí sabía que le gustaba tenerla por allí. Hacía que su mundo fuese más luminoso. Si no fuese porque no había recuperado el olfato y empezaba a tener dolores de cabeza por la tensión, creía que casi volvería a ser feliz.

Comprobó el correo electrónico. Había muchas cosas que podían esperar y una que estaba deseando ver: el primer boceto de un diseño de Gina. También había un correo de Philippe que intentaba convencerlo para que vendieran la empresa. Suspiró y rebatió cada uno de los argumentos de su socio. Luego, para suavizar las cosas, le contó que tenía el primer boceto para el diseño del frasco de Angelique, el perfume nuevo. Sin embargo, antes de mandárselo, abrió el archivo de Gina y lo estudió detenidamente. Había trazado una línea muy sencilla de un ángel con una leve sombra oscura alrededor de las alas. No era un querubín, era de una belleza sensual y sugerente que le recordaba a un cuadro que le encantaba: la *Venus Verticordia* de Rossetti. Entonces, deseó no haberse acordado de ese cuadro porque podía imaginarse a Amber posando para él. Unas mariposas doradas formaban una corona alrededor del pelo suelto, estaba rodeada por rosas y madreselva… y desnuda hasta la cintura. Tenía que quitarse el sexo de la cabeza y sólo era sexo, se recordó a sí mismo. No iba a perder la cabeza por Amber, no iba a tener una relación seria con otra chica que iba de fiesta en fiesta aunque tuviera esa parte delicada y hogareña tan sorprendente.

Mandó un correo a Gina para agradecerle su trabajo y para darle el visto bueno. Luego, mandó el correo a Philippe, apagó el ordenador y fue a buscar a Amber.

Pasaron la tarde recorriendo las cuevas de Chauvet y volvieron al *château*. Guy se sentó a la mesa de la cocina charlando con ella mientras cocinaba y volvió a preguntarse cuál sería la verdadera Amber. Hizo pollo con beicon, verduras al vapor y cuscús para empapar la salsa.

–Está riquísimo –le felicitó él.

–Me gusta enredar en la cocina. Encontré la receta en Internet.

Guy se quedó más impresionado todavía cuando sacó el postre de la nevera.

–¡*Crème brûlée* con frambuesas!

–Lo hice esta mañana, mientras trabajabas.

–Es mi favorito.

–¿Lo dices por decir? Dijiste que te encantaba la vainilla.

–También me encanta el aroma del ámbar…

Ella se puso roja y él se dio cuenta de que su nombre era «ámbar» en inglés.

–Lo siento, *mon ange*. No quería decir lo que ha parecido. Me refería al ámbar en perfumería. Es cálido, profundo, sensual y sereno a la vez –le explicó él.

–Suena muy bien.

–El ámbar lo mezclo con otras notas según el fondo que quiera.

–¿Qué prefieres?

–Para un perfume de mujer, me gusta mezclado con vainilla.

–Me imagino que serás muy sensible al olor –comentó ella pensativamente–. Te fastidiará mucho que alguien lleve el perfume equivocado.

Antes era capaz de clasificar a las personas según su olor. Sin embargo, en ese momento no podía confiar en su vista porque el olfato no se lo respaldaba. Dejó escapar un murmullo para no tener que explicárselo.

–Vamos, puedes ser sincero conmigo.

No podía, no podía ser sincero con nadie sobre lo que lo corroía por dentro.

–¿Por eso eres tan voluble? –preguntó ella con un suspiro.

–¿Qué quieres decir?

–Que estás encantador y de repente, al minuto siguiente, estás impenetrable.

–No es verdad.

–Es verdad, Guy. Te pones introvertido, como si levantaras un muro de cristal alrededor de ti. ¿Tiene algo que ver con tu genio creativo?

–No soy un genio creativo.

–Todo el mundo dice que lo eres. Además, no harías lo que haces si no lo hicieras bien.

Ésa era la cuestión. Quizá no pudiese volver a hacerlo.

–Bueno, quizá sea algo demasiado personal –se resignó ella–. A no ser que haya otra cosa que te desazone o que seas la única persona que he conocido a la que no le guste hablar de sí mismo.

Si le hubiese preguntado sobre su trabajo hacía seis meses, habría hablado hasta aburrirla.

–A algunas personas no les gusta hablar de sí mismas. Hablemos de ti.

–Ya me conoces. Soy superficial, pero ya que lo preguntas… Dime una cosa –Amber ladeó la cabeza y le sonrió–. ¿Uso el perfume acertado?

Era una pregunta directa y no podía eludirla, no podía decirle que no tenía ni idea del perfume que usaba.

–Creo que te iría bien algo con ámbar, vainilla y un poco de bergamota para añadir una nota especiada. Algo cálido y dulce.

–¿Crees que soy cálida y dulce? –preguntó ella sorprendida–. Suelo usar Chanel Nº 5. Ya sabes, como Marilyn Monroe… y mi madre. ¿Te parece mal?

En su opinión, el «clásico» olor sería demasiado

frío para ella, pero no estaba en la situación idónea para darle un buen consejo.

–Si te gusta y te sientes a gusto, es el acertado.

Era una respuesta anodina, pero sólo podía decir vaguedades para no explicar el problema que lo acuciaba.

–Sin embargo, hay mucha gente que se pone ropa que le gusta y le sienta muy mal. Piden el consejo de profesionales.

A él no le gustaba la dirección que estaba tomando aquello. ¿Pensaba pedirle consejo?

–El perfume es más personal que la ropa.

–¿De verdad? La gente consigue encontrar el color que le sienta bien. Podría conseguir el aroma que le sienta bien.

–No es lo mismo. Cada persona reacciona de forma distinta a los olores. Está relacionado con los recuerdos… Además, el olor de un perfume depende de la piel, no huele igual en todo el mundo.

–Guy…

Tenía que desviar su atención inmediatamente.

–¿Por qué no intentas hacer uno tú misma?

–Creía que se tardaban años en elaborar un perfume –ella frunció el ceño–. Ya te pregunté sobre hacer perfumes personales.

–Lo sé –había reaccionado de mala manera–, pero estaba dándole vueltas a algo y serías el conejillo de indias perfecto.

–¿Para qué?

–Acompáñame y lo verás.

–Vaya, ¿vas a llevarme a la cueva del murciélago? –bromeó ella.

–¿La cueva del murciélago?

–Tu madriguera. El laboratorio secreto –ella frunció el ceño–. ¿Eres el doctor Lefèvre?

–No y mi laboratorio no es secreto.

–Desde luego, no es público.

–Amber, ¿te importaría dejar de hablar?

Para conseguirlo, la besó. Cuando dejó de besarla, estaba sonrojada y callada. Hasta que la llevó al laboratorio.

–Caray, cuántos frascos. Supongo que tienen aromas distintos –comentó ella mirando la mesa.

–Se llama el órgano del perfumista porque parecen los tubos de un órgano y porque cada frasco contiene una nota aromática. El mío está ordenado por notas de salida, medias y de fondo o base.

–¿La nota de salida es la que hueles primero, la media es la intermedia y la de fondo es la que hueles al final del día? –preguntó ella.

–Exacto –contestó él.

–¿Cómo sabes qué fragancia combina con otra?

–Experimentando. Además, el gusto de cada uno es distinto. Es una decisión personal.

–Todo parece muy científico.

–La perfumería es un arte. Tú eres creativa, al menos, en la cocina. Veamos qué haces.

–¿No te desordenaría la mesa?

–No me desordenarás la mesa.

Él le acarició la mejilla para tranquilizarla. Había vuelto a sorprenderlo. Había esperado que ella se sentara y disfrutara sin pensar en nada más.

–Siéntate, *mon ange*. Voy a darte algunos aromas. Tú los olerás y me dirás si te gusta, te disgusta o no estás segura. Veremos qué creamos con eso.

–¿Y si elijo los equivocados?

–Como he dicho, es una elección personal y no hay una respuesta acertada o equivocada. Se trata sólo de ti –contestó Guy con delicadeza.

Amber estaba habituada a los mimos. Si era sincera, sabía que la habían mimado toda su vida. Sin embargo, Guy era el único que había conseguido que se sintiera especial, como si fuese importante de verdad. No estaba acostumbrada. En su mundo era una de tantas, otra chica que iba de fiesta en fiesta. En ese momento, Guy estaba concediéndole una atención plena. Tener a un perfumista famoso que la ayudaba a hacer su perfume personal… eso era un privilegio que había que saborear.

Se sentó a la mesa y él seleccionó una serie de frascos y unas tiras estrechas que parecían de cartón.

–¿Qué son? –preguntó ella levantando una de las tiras.

–Son para oler. Están hechas de papel absorbente para que puedas oler el aroma –le explicó él.

–¿Así elaboras un perfume?

–Si quiero hacer alguna prueba, pongo un par de gotas de cada base en el papel absorbente y dejo que se mezclen. No es lo bastante preciso como para elaborar una fórmula, pero es una manera de decidir si me gusta el efecto. Es como un músico que elabora una armonía probando distintas notas.

–Entonces, es prueba y error.

–Más o menos. Sin embargo, sé adónde quiero llegar antes de empezar. Cuando estaba formándome, me decían el efecto que querían que tuviera el perfume y yo tenía que intentar crear el aroma que tuviera ese efecto. Un perfumista experto ve el nombre de un perfume y puede olerlo en la cabeza.

–Es fascinante –dijo Amber sinceramente.

A él le apasionaba lo que hacía. Entonces, ¿por qué había sido tan reservado hasta que se lo pregunté? Había algo que no iba bien aunque no podía precisarlo. Si se lo preguntaba, él se iría por las ramas. ¿Qué ocultaba?

–Antes de empezar, tienes que oler esto –él le dio una pequeña bolsa que había sobre la mesa–. Es como el pan en una cata de vino.

–¿Quieres decir que es como si me limpiara el paladar? –preguntó ella asombrada–. ¿Cómo se puede limpiar el olfato?

–Huélelo.

Ella lo olió y reconoció inmediatamente el aroma.

–¿Café…? –preguntó con incredulidad.

–Es un viejo truco y da resultado siempre –contestó él con una sonrisa–. Tendrás que limpiar el olfato después de oler cada aroma. Recuerda que es tu perfume, que lo importante es lo que te gusta. Cierra los ojos para concentrarte en el aroma.

–¿Vamos a empezar con las notas base?

–No, con las medias. Te harás una idea del perfume que acabará siendo. Luego, pasaremos a las notas de salida y acabaremos con las notas de fondo, la base, que da profundidad.

Él anotó un número en cada tira, la metió en el frasco y se la dio a ella para que la oliera.

–Es fantástica –dijo ella de una de las notas de salida.

–Es ámbar –le aclaró él con una sonrisa–. También es una de mis favoritas.

Ella sintió que se abrasaba por dentro al ver la expresión de su cara. Era sensualidad pura. Además, no podía dejar de mirarle la cara. Él se dio cuenta y la besó.

–Sigue, *mon ange*.

La siguiente fue una de las notas de base.

–Me encanta y, además, la reconozco. Es vainilla.

–Como tu chantillí y la *crème brûlée*.

–Voy a acabar con la receta de un postre, no con un perfume.

–Es tu perfume. Si quieres oler como un postre, no pasa nada. Los perfumes golosos gustan mucho. Aunque pueden hacer que los hombres quieran paladearlo.

Él le pasó la lengua por la piel del cuello y ella se arqueó hacia atrás.

–Guy… –susurró ella con un estremecimiento–. Leí en algún sitio que Chanel dijo que tenías que ponerte perfume donde quisieras que te besaran.

–El perfume huele mejor de lo que sabe. Además, depende de dónde quieres que te besen, *mon ange*. Te meteré en un baño perfumado para poder besarte por todos lados –siguió él.

–Ahora sería un buen momento –dijo ella con la voz entrecortada.

–Cuando hayamos terminado –replicó él mirándola a los ojos.

–¿Cuánto tardaste en hacer el perfume más rápido?

–La paciencia es una virtud.

–Que yo no tengo –Amber se bajó un tirante del top–. Además, creía que te gustaba que no fuese virtuosa.

–Es verdad –él le bajó el otro tirante–. Ahora, concéntrate.

–¿Cuándo acabas de hacerme eso?

–Si quieres ser una científica, tienes que aprender a no hacer caso a las distracciones.

El tono de su voz le indicó que estaba pensando en más distracciones… y muy placenteras. Ella le siguió el juego, olió el café y el siguiente aroma.

–No, éste es espantoso –sentenció Amber con una mueca de disgusto.

–Es liquen de roble. Se supone que es misterioso.

–Entonces, supongo que soy vulgar por no apreciarlo.

–Eres sincera. El liquen puede sacar otras notas, pero si no te gusta, no lo emplees.

–¿En el supuesto que quiera ser misteriosa en vez de superficial?

–Te lo aseguro, *mon ange*, no eres nada superficial.

Ella no había buscado el halago y tampoco había esperado que él le dijera eso. No soportaba su mundo ni lo que significaba. ¿Cómo iba a pensar que no era superficial?

–Tienes profundidad en la vainilla –le explicó él con delicadeza–. Dulce y sensual como tú.

–¿De verdad piensas que soy dulce?

Él la sorprendía al captar cosas que nadie había captado, al conseguir que se mirara a sí misma desde otro ángulo.

–Y sensual. Voy a enseñarte una cosa –Guy abrió su ordenador portátil, se conectó a Internet y buscó un archivo–. Sabes algo de arte o no te habrían admitido en la universidad. ¿Conoces este cuadro?

–No, pero por el estilo y la modelo, diría que es de Rossetti.

–Efectivamente.

–Está desnuda hasta la cintura, Guy –Amber se cruzó de brazos–. Eso es muy típico de machos.

–Es increíblemente sexy. Está soñando con su amante y esa sensualidad de su mirada y de su boca… me recuerdan a ti.

–¿Me ves así? –preguntó ella con una ceja arqueada aunque quiso provocarlo más–. Dame un buen ramo de rosas de tu jardín y posaré para ti –ella hizo una pausa y señaló el cuadro–. Así.

–¿De verdad?

–De verdad.

–Quédate donde estás –le ordenó él casi sin aliento–. Sigue oliendo las muestras y seleccionándolas. Vuelvo enseguida.

¿Iba a cortarle un ramo de rosas? No, era imposible. En cuanto saliera, el aire frío haría que recuperara el juicio y volvería enojado por haberlo tentado para que cortara sus rosas. Entretanto, ella siguió oliendo las muestras y seleccionándolas. Había dejado el portátil abierto y cuanto más miraba el cuadro, más entendía que le afectara tanto. La modelo era impresionante, tenía una mirada soñadora. Guy tenía razón. Venus estaba pensando en sexo, recordando las caricias de su amante, y esos recuerdos, mezclados con el aroma embriagador de las rosas y la madreselva…

Guy apareció en el laboratorio con un ramo de rosas. A Amber se le aceleró el pulso al notar la sensualidad tan intensa de su expresión.

–Les he quitado las espinas –la tranquilizó él–. Acepto tu reto.

–¿No necesito una manzana y una flecha?

–Lo siento –él se encogió de hombros–. Tendrás que improvisar.

La pasión de su mirada le transmitió que quería que lo hiciese y ella también quería hacerlo. Quería posar para él y que le flaquearan las piernas.

–De acuerdo. Date la vuelta.

Ya la había visto desnuda, pero eso era distinto y ella sintió vergüenza.

–Yo te diré cuándo puedes mirar.

Él farfulló algo en francés, puso los ojos en blanco y se dio la vuelta. Ella se quitó el top y el sujetador lentamente, los dobló y los dejó en el respaldo de su silla. Su bocaza iba a crearle problemas otra vez. Una de las rosas era un capullo y la utilizó de flecha. El frasco de vainilla sería la manzana. Tomó las rosas con el brazo izquierdo e intentó disponerlas para que se parecieran al seto de madreselva. Se colocó el pelo por encima del hombro izquierdo y por detrás del derecho. Luego, tomó el frasco con la mano izquierda y el capullo de rosa con la derecha.

–Ya puedes mirar –susurró Amber.

Guy se dio la vuelta, las mejillas se le arrebolaron y dijo algo en francés que ella no entendió. ¿Qué había hecho mal?

–*Mon Dieu*, Amber, ¿sabes lo increíble que estás? –preguntó él con la voz ronca por el deseo–. Si supiera pintar…

–¿Si supieras pintar…?

–Te pintaría donde quiero besarte –Guy le quitó el capullo de rosa y lo utilizó como un pincel–. Aquí –lo pasó a lo largo del cuello–. Aquí –bajó entre los pechos y ella se estremeció–. Y acabaría aquí –le rodeó el pezón endurecido con la flor.

Ella necesitaba sentir su boca sobre su piel.

–Guy…

Lo increíble fue que Guy, cuando la besó, estuvo seguro de que pudo oler a rosa en su piel, justo donde la había tocado con la flor. Sabía que era físicamente imposible, pero tenía la cabeza llena de rosas cuando le quitó el ramo y lo dejó en la mesa.

Ella inclinó la cabeza hacia atrás y él le besó el cuello, le pasó la punta de la lengua por donde el pulso le latía desbocado y ella dejó escapar un suspiro de placer. Luego, siguió el recorrido que había hecho con la rosa. Entre los pechos hasta tomarle un pezón con la boca y succionarlo con avidez. Ella lo agarraba del pelo como si lo apremiara a seguir.

El tiempo se difuminó y Guy se alegró de que ella llevara una falda porque no podía esperar a quitarle la ropa que le quedaba puesta. La necesitaba allí y en ese momento, como sabía que ella lo necesitaba porque estaba bajándole la cremallera con manos temblorosas.

—¿Tienes un preservativo? —preguntó ella.

—En la cartera, en el bolsillo de atrás.

Si no lo tenía, se volvería loco. Ella le acarició el trasero, sacó la cartera y se la dio. Tardó unos segundos en encontrarlo y en sentirse dentro de su cálida y delicada caverna. Ella le había abierto la camisa y sus pieles se rozaban. Le rodeaba el cuello con los brazos y lo besaba con voracidad. Él tenía la cabeza llena de aromas. Vainilla, ámbar, rosas... Olores que siempre asociaría con ella. Lo abrazó con más fuerza y él acometió. El clímax mutuo lo enajenó, pero, entonces, se dio cuenta de que los dos seguían con casi toda la ropa puesta.

—Lo siento, *mon ange* —se disculpó él en voz baja—. He sido desconsiderado.

–Recuérdame que nunca vaya a un museo contigo –replicó ella–. Creo que nos detendrían.

–Será mejor que… acepte los hechos.

–Será mejor que yo me vista –dijo ella sonrojándose.

–Se trataba de enseñarte a que hicieras tu perfume –replicó él antes de besarla.

–Si es el servicio que tienes pensado para tus clientes, vas a ganarse cierta reputación.

–Me vuelves loco –él la besó otra vez–. ¿Lo sabías?

–Es recíproco. Sigo sin creerme que me cortaras esas rosas. Son muy preciadas para ti.

–Las mereces. La mujer que eres…

–¿Qué pasa, Guy? –le preguntó ella con el ceño fruncido.

–Nada. Lo tengo. «Para la mujer que eres». Es el eslogan perfecto para mi nuevo perfume.

–Me gusta, pero no voy a pedirte que me lo dejes oler porque ya sé que vas a negarte.

–La negativa es para todos. No te lo tomes como algo personal –volvió a besarla–. Sin embargo, me has inspirado en el eslogan y nadie lo había hecho antes. Ahora vuelvo.

Cuando volvió, Amber ya estaba vestida, las rosas formaban un ramo sobre la mesa y las tiras con aromas estaban ordenadas. Había un pequeño montón de notas que le gustaban, otro parecido que rechazaba y un montón mayor de las que le daban igual.

–Entonces, ¿vamos a hacer ese perfume? –preguntó ella.

–Claro –Guy miró el montón de las que le gustaban–. Es una buena mezcla… es floral y oriental. Ámbar al principio, vainilla y sándalo en la base y notas de jazmín, rosa y azahar en el medio –él movió la tiras juntas y se las dio a ella–. Agítalas delante de la nariz y deberías oler la mezcla. ¿Qué te parece?

–Está bien.

–¿Pero…?

–Parece como si faltara algo –contestó ella.

–Normalmente, usas un perfume con notas de aldehído al principio.

Eso le había dicho ella, uno clásico. Buscó en el montón de los que no estaba segura, sacó una tira y la puso con las que había elegido.

–Prueba esto.

Ella agitó las tiras y negó con la cabeza.

–Me parece que no encaja. No sé por qué, pero no está bien.

–Interesante –efectivamente, el perfume que ella solía usar tenía notas equivocadas–. Voy a añadir un par de notas más, pero recuerda que es tu perfume. Si no te gustan o sigues pensando que falta algo, dímelo.

Ella volvió a agitar las tiras delante de la nariz y abrió los ojos como platos.

–No sé qué has hecho, pero es fantástico.

–Le he añadido unas notas especiadas; cardamomo y geranio.

–Perfecto –concedió ella con una sonrisa–. Tengo la nota misteriosa que quería.

–Encantado, *mon ange*, pero tienes que olerlo fuera, lejos de los olores que quedan por aquí. Huele el café.

Ella lo olió y lo acompañó afuera, donde volvió a agitar las tiras delante de la nariz.

–Me gusta de verdad –Amber ladeó la cabeza y lo miró–. ¿Qué te parece?

–Es tu mezcla, tu elección.

–Has ayudado.

–Muy poco. Tú has hecho casi todo –replicó él–. ¿Cómo vas a llamarlo?

–Número tres –contestó ella con un brillo en los ojos.

–Muy gracioso.

Él no puedo evitar besarla.

–Entonces, ¿esto es lo que estabas pensando? ¿Vas a reunir gente para que hagan sus perfumes?

–Sí. Creo que podría conseguir aromas que combinen bien y cubrir las fragancias más importantes. La gente podría crear su propio perfume.

–El capricho máximo, crear tu propio perfume. Es una idea fantástica. Es el tipo de regalo que puedes hacer en ocasiones especiales.

–Era lo que había pensado –Guy llenó una pipeta con los aromas que ella había elegido, los midió en un frasco y los mezcló–. Toma, el número tres.

–Ya sé que no te gusta el nombre. ¿Cómo lo habrías llamado?

–Verticordia, por el cuadro.

–Gracias –ella olió el frasco–. Ya llevo perfume, no puedo ponérmelo, ¿verdad?

–Chocarían. Primero tienes que lavarte el que llevas.

–Entonces, me lo pondré esta noche, cuando me haya duchado –Amber miró el frasco–. ¿Piensas dar un frasco cualquiera a la gente?

–¿Quieres que lo ponga en un frasco antiguo?

–No, me parece bien. Pero, como dije, los pequeños detalles son importantes. Este frasco es funcional, pero no es bonito. No me parece especial para que contenga mi perfume especial. Creo que debes ofrecer distintos frascos a la gente. Desde uno moderno y barato hasta otros más antiguos y caros. Además, el eslogan que habías pensado sería mucho mejor para esto porque es el perfume hecho a la medida de cada mujer.

–Es una buena idea.

–También tienes que ponerlo en un estuche. Basta uno normal para no desviar la atención, pero necesitas una cinta para atarlo. Una que entone con el frasco y el papel de seda.

–¿Papel de seda?

–Salvo que los frascos sean del mismo tamaño y forma, necesitarás algo que proteja el frasco dentro del estuche.

–Sabes mucho de envoltorios… –comentó Guy.

–Porque soy una de esas personas maniáticas que se pasan horas envolviendo regalos. Me gusta poner esas tonterías que hacen que alguien se sienta especial. Lazos, cintas rizadas… Los detalles son importantes –Amber se bajó del taburete y lo besó levemente–. Gracias, Guy. Es muy especial.

Él estaba empezando a pensar que ella también lo era.

Capítulo Ocho

A la mañana siguiente, Guy estaba en el laboratorio cuando oyó el aviso de un correo electrónico. Era Philippe. Quería reunirse con él. Guy tuvo la sensación de que aquello iba a acabar en una conversación con el director de su banco. Sin embargo, si Philippe quería abandonar la casa de perfumes, no podía retenerlo. Además, un correo electrónico no era el mejor sistema para concertar una reunión. Llamó a Philippe por teléfono.

–Soy Guy –le dijo cuando contestó–. Esta tarde voy a Grasse, ¿quieres que nos veamos?

–¿En tu despacho a las dos? –propuso Philippe.

–*D'accord*. Hasta luego –Guy colgó y salió para buscar a Amber–. Tengo que ir a Grasse.

–¿Algún problema? –preguntó ella con una ceja arqueada.

–No –mintió él.

–No quiero meterme donde no me llaman, pero pareces un poco tenso.

–Tengo que solucionar alguna cosa.

–¿Sobre el perfume nuevo? Perdona. Algunas veces soy una bocazas –se disculpó Amber tomándole la mano y apretándosela.

–Es una boca preciosa –le dijo él dándole un beso.

–Gracias. Entonces, supongo que si te vas a Grasse, esto es una despedida.

Él sabía que lo sensato sería terminar lo que había entre ellos, sobre todo, cuando su vida iba a complicarse y no sería justo mezclarla en ese embrollo.

–¿Puedo escribirte un correo electrónico? –siguió ella.

–¿Un correo? –preguntó él sin entenderlo.

–Se me han ocurrido algunas cosas sobre tu idea de que uno cree su propio perfume.

–¿Por qué no me las cuentas de camino a Grasse? –preguntó él impulsivamente.

–¿Vas a llevarme a Grasse?

Tenía que decirle que no, que había cambiado de idea. Pero su boca no atendía a razones.

–Me gustaría que me acompañaras.

–Me encantaría. No he estado nunca en Grasse. Es la capital mundial del perfume.

Ya no podía echarse atrás. Aunque tampoco quería. No estaba preparado para despedirse de ella.

–¿Qué puedo hacer con el coche alquilado? –preguntó ella.

–Podemos devolverlo en el aeropuerto. Te seguiré en mi coche y luego iremos juntos a Grasse.

–Oferta aceptada. ¿También veré la cueva del murciélago en Grasse?

–No vivo en una cueva de murciélagos –contestó él riéndose–. La casa de perfumes tampoco es una cueva.

Amber tardó muy poco en hacer el equipaje. Luego, dejaron el coche en el aeropuerto de Avignon y Guy la llevó a Grasse.

–He estado pensando en eso de que cada uno se haga su perfume –comentó Amber–. Es una idea genial. Incluso, podríamos hacer una fiesta de lanzamiento.

–No.

–¿Por qué?

Ella lo pensó un segundo y comprendió que era evidente: por orgullo.

–Ya sé que eres un maestro perfumista y que no querrás que nadie más haga las mezclas por si no alcanza tu nivel, pero tú te ocupas de distribuir las mezclas para, no sé, personal de salones de belleza o la gente que vaya a hacer la fiesta. No será un problema, ¿no?

–Mis lanzamientos son muy discretos. Además, sólo se venderá en la tienda de Grasse.

–Eso está muy bien, ¿pero cómo crees que se entera la gente de las cosas? Lo leen en revistas o en Internet.

–Eso significa la intrusión de los periodistas –él apretó los dientes–. No.

–Algunos pueden ser una pesadilla, lo reconozco, pero los periodistas de la sección de «belleza» son encantadores. Allie tiene que tener contactos de cuando estuvo en la agencia y yo también tengo contactos. Podría ayudarte.

–No –insistió Guy–. Ayer tuviste ideas muy buenas sobre la presentación y las tendré en cuenta, pero la negativa es rotunda sobre la prensa.

Estaba siendo ridículamente tozudo y ella no podía entenderlo.

–Guy, ¿qué te pasa con la prensa?

–Ya sabes que estuve casado con Vera. La prensa nos acosó un poco.

–Eso se da por descontado, tienes que ser realista. Si eres una figura en el mundo de los negocios y te casas con una princesa de la moda, las revistas van a querer contar tu historia. Es un idilio de cuento de hadas y vende ejemplares.

–Ése no era el problema.

–¿Entonces…?

–Los cuentos de hadas son cuentos de hadas. Aquello era la vida real y los paparazzi querían presenciar en primera fila la desintegración de nuestro matrimonio.

–¿Tu agente de prensa no lo solucionó? –preguntó ella.

–No tenía agente de prensa.

–Bueno, Vera tenía que tenerlo. Si uno no es un relaciones públicas muy bueno y estás expuesto al público, necesita a alguien que lo ayude a darle el giro acertado a una historia.

–¿Quieres decir que ella se quitó la presión lanzándolos sobre mí?

–No lo sé. No conozco a Vera y no sé lo que pasó entre vosotros porque no suelo leer las páginas de cotilleos. Leo sobre ropa y zapatos. También leo recetas, pero si se lo cuentas a alguien, lo negaré y luego te clavaré un tenedor donde más duele –le advirtió ella.

–De acuerdo –él no pudo evitar sonreír–. Te prometo que no te delataré a la prensa.

–Guy, no quería meterme donde no me llaman.

–Lo sé –él suspiró–. Bueno, si te lo cuento, es posible que entiendas por qué no quiero que la prensa se meta –los recuerdos se le atragantaron un momento–. Para empezar, Vera y yo no debimos casarnos o, al menos, ella no debió dejar de trabajar.

–¿Dejó de trabajar para estar contigo?

–Creo que se pensó que pasaría un rato por la casa de perfumes, que mezclaría un par de esencias y que delegaría lo demás para irme a casa con ella.

–Entonces, no te conocía o no entendía tu trabajo. ¿Por qué no hizo algo como crear su propio maquillaje asociado a tu perfume?

–No le interesaba –él se encogió de hombros–. Quizá, si hubiésemos vivido en París, cerca de sus amigos, todo hubiese salido bien. No soportaba estar sola. Me volvía loco en el trabajo, me llamaba constantemente porque estaba aburrida y quería captar mi atención. Decir que era exigente y egocéntrica es decir poco.

–Me llamaste algo así –dijo Amber como si estuviese dolida.

–No te pareces nada. Bueno, no siempre –replicó él.

–Gracias por el halago… –dijo ella con ironía.

–Ella no tuvo toda la culpa. Quería más atención de la que podía darle y no lo entendí. Para ella, todo giraba alrededor de su fama y la añoraba. Creí que estaba endiosada e hice lo peor que podía hacer. Me encerré en mi laboratorio para tener tranquilidad y silencio. Ella creyó que no le hacía caso cuando sólo intentaba evitar las discusiones.

–¿Y que dejara de tirarte cosas? Recuerdo lo que dijiste cuando me quitaste los nudos del pelo –añadió ella al ver la cara de sorpresa de él.

–Sí. Por eso me llevé la colección de frascos de perfume a la tienda –Guy puso los ojos en blanco–. Perdí algunos de mis mejores ejemplares por su mal genio.

–Vaya, eso duele.

–Después se complicó más. Quizá todo habría sido distinto si ella no hubiese dejado de trabajar o yo no hubiese pasado tanto tiempo trabajando –él se encogió de hombros–. Entonces, su representante la llamó para que volviera a trabajar. Creí que nos vendría bien porque así apreciaríamos el tiempo que pasábamos juntos. Sin embargo, fue a una sesión de fotos en Nueva York, encontró a un fotógrafo que le hacía más caso que yo y decidió divorciarse.

–Te dolería, pero, seguramente, fue lo mejor porque estabais haciéndoos desgraciados.

–Pude soportar eso, lo que no pude soportar fue a la prensa. La pillaron en Nueva York con el fotógrafo y no aceptaron mi declaración de que nos separábamos por desavenencias. Querían la inmundicia de la historia. Querían que me desangrara en sus portadas. No podía soportar las preguntas insaciables. Estaban por todas partes. Por eso los lanzamientos de mis productos son discretos. A Philippe le desquicia, piensa como tú, que debería quedar bien con la prensa. Pero yo no hago las cosas así y no es negociable. No quiero que la prensa ande husmeando.

Sobre todo, porque si empezaban a hurgar como lo hicieron cuando se separaron, podían descubrir que había visitado a algunos médicos. Empezarían a atar cabos hasta que uno diera con la verdad sobre su anosmia. Entonces, todo se desbordaría. Tenía que mantener a raya a la prensa hasta que hubiera encontrado la solución y no se pudiera perjudicar a la casa de perfumes. No sólo por él, sino por todos lo que trabajaban con él.

–Guy, no toda la prensa es mala –replicó Amber con delicadeza–. Siento que lo hayas pasado tan mal, pero esta historia no sería igual. Sería para revistas especializadas. Artículos sobre cómo conseguir que la gente se sienta especial. Es una historia positiva.

–No –concluyó Guy.

Ese hombre era insufrible. ¿No podía entender que sería provechoso para su negocio?

–Ya que estamos aquí, vamos a cambiar de tema –propuso Guy–. Bienvenida a la capital mundial del perfume.

El pueblo, presidido por una iglesia y una torre, estaba en la ladera de una colina que descendía hacia lo que Amber supuso que serían unos campos de flores en primavera y verano.

–No sabía que fuese tan bonito. ¿Has vivido mucho tiempo aquí?

–Llevo unos siete años. Aunque, cuando vengo, siento la misma emoción que la primera vez que vine cuando era un niño pequeño, cuando mi madre me trajo para comprar un regalo y me llevó a ver todo ese material antiguo de laboratorio que hay en el museo.

–¿Ya eras el científico chiflado de la familia desde pequeño?

–Desde luego –él se rió mientras aparcaba–. Me temo que es lo más cerca de mi piso que podemos llegar porque las calles son demasiado estrechas en esta parte del pueblo. Es la parte vieja. Es tranquila y puedes salir a dar un paseo sin el ruido y los humos del tráfico.

La ayudó a bajar del coche, sacó su equipaje y la llevó por unas calles sinuosas flanqueadas por edificios antiguos llenos de geranios.

–Necesitamos pan y leche –comentó él en la puerta de una tienda de comestibles–. ¿Te importa quedarte con las maletas? Tardo dos minutos, ¿de acuerdo?

Amber se quedó esperándolo y observando los alrededores. Todo parecía muy animado, pero también con el ritmo lento que había empezado a asociar con Guy. La gente disfrutaba del café y los bollos mientras ojeaban el periódico. Podía entender que a él le encantara estar allí. Ella podría enamorarse fácilmente de esa parte de Francia por mucho que adorara París.

Guy salió de la tienda con una barra de pan y una bolsa de papel y fueron a través de un arco estrecho que daba a una plaza muy bonita con una fuente y un árbol. Amber dejó escapar una exclamación.

—Así es Grasse. Está lleno de sorpresas. Ahí es donde vivo.

Él señaló hacia una casa pintada de amarillo con contraventanas grises y unos balcones de hierro llenos de macetas.

—¿Es toda tuya? —preguntó ella.

—Sólo un piso. *Bienvenue*.

Guy tecleó un código que los dejó entrar y subió al piso superior. Amber no sabía qué esperaba, pero el piso fue una sorpresa. Era casi todo diáfano y tenía una pequeña cocina con armarios pintados de azul claro, una sala con un sofá de cuero color crema, una mesa con tapa de cristal, dos sillas de hierro forjado junto a una ventana y un equipo de música que parecía muy caro en un rincón. El suelo era de madera encerada con una alfombra persa muy grande. Las ventanas tenían visillos y cortinas color crema y en las paredes, también de color crema, colgaban acuarelas modernas de sitios que supuso que estaban en Grasse. En la repisa de la chimenea se veía una foto enmarcada de Xavier con dos personas mayores que, a juzgar por el parecido, debían de ser sus padres y otra de Guy que sonreía a la cámara con un perro labrador de color marrón.

—¿Tu perro? —le preguntó ella.

—Noisette —confirmó él—. La perdí hace tres años y entonces, me mudé al piso —él se encogió de hombros—. Nunca he encontrado el momento de tener otro perro.

Ella recordó la conversación que tuvieron la noche que la llevó a cenar. Todavía añoraba a su perra y captó la melancolía en su voz.

–El cuarto de baño está ahí y el dormitorio, aquí. Haré café mientras deshaces el equipaje.

–Muy bien, gracias.

Él llevó las maletas al dormitorio.

–Ocupa todo el espacio que necesites. Debería haber perchas en el armario –él miró la maleta más pequeña–. Aunque me temo que no tengo una habitación para los zapatos.

–No importa, los zapatos pueden quedarse en su maleta.

Era un cuarto muy espacioso y despejado como la sala. También tenía el suelo de madera y las paredes pintadas de color crema, pero las cortinas eran azul marino y entonaban con una alfombra oriental que tenía junto a la cama. La cama era enorme, con unas almohadas que parecían muy suaves y sábanas de un blanco inmaculado. Había una mesilla de noche con una lámpara y un reloj. Cuando terminó de deshacer el equipaje, le pareció muy raro que su ropa colgara en el armario al lado de la de él, algo que nunca había hecho con ninguna de sus parejas. Salió y Guy ya había preparado el café y había puesto la mesa con pan, mantequilla y queso.

–Gracias –dijo ella mientras se sentaba enfrente de él–. Me encanta cómo has decorado el piso. Esos cuadros son preciosos.

–Son de Grasse. Mi vecina de abajo es artista. Los compré en su última exposición.

–No me extraña. Me dan ganas de salir a ver si encuentro esos sitios.

–A lo mejor esta tarde puedes recorrer un poco el pueblo mientras estoy en una reunión.

–Voy a darme una vuelta, desde luego. Sobre todo, para ver zapaterías.

–¿No tienes suficientes zapatos? –preguntó el con incredulidad.

–Una mujer nunca tiene suficientes zapatos –contestó ella con desenfado.

–Me rindo –él rebuscó en el bolsillo y sacó una llave del llavero–. Tengo que irme. Toma una llave. Te llamaré cuando haya terminado y te llevaré los zapatos nuevos a casa.

–Perfecto, estás empezando a aprender –bromeó ella–. Recogeré esto antes.

–No. Eres mi invitada.

–Y tú tienes una reunión. Me ocuparé –lo empujó hacia la puerta.

–Gracias –le dijo él antes de darle un beso de despedida.

Amber recogió la mesa y salió a la calle. Dio una vuelta, pasó media hora muy gratificante en una zapatería y, entonces, se dio cuenta de que la tienda de al lado era Perfumes GL. Entró a echar una ojeada. La tienda era amplia y luminosa, pero lo que más le llamó la atención fue la colección de frascos antiguos. Eran preciosos. ¿Por qué habría destrozado algunos Vera? Compró gel de ducha para Sheryl y paseó por la parte vieja hasta que encontró un café en una plaza muy pintoresca. Aunque era octubre, todavía hacía calor para sentarse fuera. Mandó un mensaje de texto a Sheryl para decirle que iba a quedarse un poco más en Francia, en Grasse. El teléfono pitó un par de minutos más tarde. *¿Con Guy? Ten cuidado y no te ena-*

mores de él, decía el mensaje de su amiga. *Claro que no*, contestó ella. Sin embargo, sabía que ya estaba enamorándose. No sólo porque las relaciones sexuales fuesen buenas; por fin había aprendido la diferencia entre lujuria y algo más profundo. Le gustaba la mente ágil de Guy, su sonrisa fácil y la intensidad de sus ojos azules cuando la miraba. Le gustaba hasta cómo discutía con ella porque indicaba que la tomaba en serio y que creía que sus ideas eran válidas y dignas de comentarse. Además, le había pedido que pensara en el envoltorio para la línea «cree su propio perfume».

Se sentía distinta cuando estaba con él. Le había mostrado un aspecto distinto de la vida, algo con ritmo lento, con profundidad, y se había dado cuenta de que en el pasado se había precipitado en todo porque había estado buscando el sitio donde encajar. En ese momento, había dejado de precipitarse, había encontrado lo que estaba buscando… y no donde había esperado encontrarlo, sino con alguien que era opuesto a ella.

Aunque habían dicho que era una aventura temporal, si se lo tomaban con calma, quizá evolucionara hacia algo con futuro. ¿Conseguirían que saliera bien? Eso significaría compromiso, más para ella porque sería la que tendría que mudarse y adaptarse. Sin embargo, él la había llevado allí, a la parte más importante de su vida, al sitio donde vivía y trabajaba. Además, también la había dejado entrar en su laboratorio del *château*. Eso indicaba que estaba quitando barreras para que ella se acercara. Quizá, sólo quizá, tuvieran una oportunidad. Seguía pensando en eso cuando sonó su teléfono.

—*Alors, mon ange*. Ya he terminado. ¿Dónde estás?

—Estoy tomando un café en una plaza —Amber le

dijo el nombre del café–. No sé exactamente dónde está, pero hay una floristería al lado.

–Ya sé dónde estás. Ahora voy.

Cuando llegó, la besó y se sentó enfrente de ella. El corazón le dio un vuelco cuando él le sonrió. Todavía no podía creerse que fuese completamente suyo aunque sólo durase unos días. Él dejó unas bolsas de papel en la silla que había entre los dos.

–Es la cena –le explicó él ante la mirada de ella–. He comprado algunas cosas por el camino.

–Creía que no cocinabas.

–No soy un inútil absoluto en la cocina. Aunque reconozco que no me molesto cuando estoy solo. ¿Cuántos millones de zapatos tengo que acarrear?

–Dos bolsas. Aunque creo que tendré que volver mañana porque debería comprarme unos de color granate que son preciosos…

–Eres adicta a los zapatos –gruñó él.

–¿Te has dado cuenta? –preguntó ella con ironía.

Cuando volvieron a su piso, él empezó a sacar cosas en la cocina.

–Voy a hacer una *casserole*. Lo siento, pero hay un par de asuntos que tengo que resolver mientras se hace. Puedes ducharte o bañarte o hacer lo que quieras.

–Te tomo la palabra –ella resopló–. Ahora entiendo que estés tan en forma con tantas cuestas. ¡Estoy agotada!

–Te acostumbrarás, *mon ange*. Puedes tomar lo que quieras del cuarto de baño.

Ella disfrutó muchísimo en el agua caliente con espuma, sobre todo, cuando podía oler a ajo, tomate y especias, lo que significaba que Guy estaba cocinando algo al estilo provenzal. Entonces, unos minutos después, frunció el ceño al oler cada vez más a quemado.

–¡Guy! ¿Va todo bien? –gritó ella.

Como no contestó, salió de la bañera, se cubrió con una toalla y salió del cuarto de baño. Pudo ver inmediatamente lo que estaba pasando. El fuego estaba demasiado alto y el guiso se había pegado. Se acercó, tomó un paño y apartó el puchero del fuego. Guy estaba absorto, con unos auriculares puestos y trabajando con el portátil de espaldas a la cocina. No le extrañó que no le hubiese oído cuando lo llamó, pero ¿por qué no había olido a quemado? Apagó el fuego, se acercó a Guy y le puso una mano en un hombro. Él dio un respingo, la miró y se quitó los auriculares.

–Perdona, no te había oído. ¿Pasa algo?

–Sí –ella frunció el ceño–. Tu guiso se ha quemado.

–¿Qué quieres decir? –preguntó él con incredulidad.

–El fuego estaba demasiado alto y se ha pegado al fondo del puchero. ¿No lo hueles?

–Lo siento –contestó él, pálido–. Me he concentrado en el trabajo y no me he dado cuenta. Siento haberte sacado de la bañera y haber estropeado la comida. Te llevaré a cenar. Hay un restaurante muy agradable aquí al lado.

–Guy, ¿no has…?

–Me ocuparé de todo –la interrumpió él tajantemente.

Él había vuelto a levantar todas sus barreras y no podía entenderlo. ¿Le recordaba a alguna discusión que había tenido con Vera?

–Vuelve al baño –añadió él.

Guy, mientras tiraba el guiso a la basura, pensó que

aquello era lo peor que había podido pasarle. ¿Cómo era posible que no hubiese olido un olor tan fuerte? Además, era evidente que Amber no se había creído la excusa de que estuviese concentrado en el trabajo. Quizá debiese contarle la verdad. Sin embargo, ella empezaría a compadecerlo y él no podría soportarlo.

Para su alivio, ella no dijo nada cuando salió del dormitorio ni de camino al pequeño restaurante, mantuvo una conversación desenfadada y le contó lo que había visto por el pueblo. Él se dio cuenta de que estaba siendo un pésimo acompañante porque sólo asentía con la cabeza sin participar en la conversación, pero tenía un nudo de angustia demasiado grande en la garganta.

—¿Te pasa algo? —le preguntó Amber.

Lo preguntó sólo con preocupación. Ahí supo él que debería decirle que su mundo estaba desmoronándose. Incluso, abrió la boca para contárselo. Pero las palabras que salieron no fueron las que él quería.

—No me pasa nada. Sólo es otro dolor de cabeza.

Al menos, eso era verdad. No se le había pasado el dolor de cabeza desde la mañana.

—Guy, si estás preocupado, sabes que puedes decírmelo y que no saldrá de aquí.

—Sólo es un dolor de cabeza.

Guy hizo un esfuerzo para sonreír y ser simpático y, para su alivio, Amber correspondió.

Sin embargo, no pudo dormir. Ni hacer el amor con ella lo ayudó a serenarse. La preocupación seguía rondándole por la cabeza. Acabó levantándose, salió del dormitorio y cerró la puerta. Quizá pudiese encontrar lo que estaba buscando o quizá fuese el momento de buscar un especialista fuera de Francia.

Capítulo Nueve

Cuando Amber se despertó a mitad de la noche, la cama estaba fría. ¿Dónde estaba Guy? Pudo ver una tenue rendija de luz por debajo de la puerta. Estaba haciendo algo en la sala. Se levantó, se puso la bata y abrió la puerta. Estaba sentado en el sofá, inclinado sobre el portátil y con los auriculares puestos. No había encendido ninguna luz, por lo que la rendija de luz era la de la pantalla del portátil. ¿Qué estaba haciendo a esas horas de la noche con el portátil? Se acercó y miró por encima de su hombro. Era una página en francés y el título no la ayudó gran cosa: *Cause et traitement d'anosmia*. «Causa» y «tratamiento» eran fáciles de adivinar, pero no sabía qué quería decir «anosmia».

–Guy… –lo llamó ella poniendo una mano en su hombro.

Él dio otro respingo y casi tira el portátil. Salió de la página, se quitó los auriculares, cerró el portátil y lo dejó en la mesa que había delante del sofá.

–Amber, ¿qué haces aquí?

–Me he despertado, vi luz y salí para ver qué estabas haciendo. ¿Te pasa algo?

–No. Estoy bien.

–No lo parece.

Tenía arrugas alrededor de los ojos y estaba segura de que tenían algo que ver con lo que había estado mirando en Internet.

–¿Qué es anosmia?

–Nada, vuelve a la cama, *mon ange*.

–Puedo buscarlo en Internet –replicó ella–, pero sería más rápido que me lo dijeras.

–Yo… –Guy suspiró y negó con la cabeza–. No quiero hablar de eso. Vuelve a la cama.

–Guy, sé que pasa algo. No te conozco del todo, pero sé que estás muy tenso –le tomó la mano–. Puedes hablar conmigo.

Él no dijo nada y ella suspiró.

–Guy, si es algo personal, no voy a contárselo a nadie. Te lo prometo y cumplo mis promesas.

Él no dijo ni una palabra.

–Muy bien. Lo buscaré.

–Es la incapacidad para oler –dijo él con los ojos cerrados y en un tono inexpresivo.

–¿Pero por qué estás mirando…? –empezó a decir ella.

Muchas cosas empezaron a encajar. Por qué eludía las preguntas sobre su trabajo, por qué no había olido el guiso quemado, por qué levantaba barreras…

–¿Has perdido el sentido del olfato?

Guy notó la amargura en la garganta. Las palabras le retumbaban en la cabeza como las campanadas a muerte de todos sus sueños. «¿Has perdido el sentido del olfato?»

–Sí –murmuró él tapándose la cara con las manos–. Que Dios se apiade de mí. No puedo oler nada.

Ella se sentó en el sofá y lo abrazó con fuerza.

–Tienes que hablarlo, Guy. No puedes guardarte algo tan importante. Te destruirá.

Él ya se sentía como si estuviese desmoronándose, pero sus brazos lo sostenían.

–Habla –le pidió ella–. No voy a contárselo a nadie. Quedará entre nosotros.

Él la sentó en su regazo y, abrazados, consiguió hablar.

–Hace unos meses me entró un virus –Guy intentó decirlo con indiferencia–. Perdí el olfato. Pensé que se trataba sólo del virus, pero cuando me sentí mejor, seguía sin poder oler.

–¿Qué te dijo el médico? –le preguntó ella.

–Que tenía que esperar a ver cómo evolucionaba. No me convenció y fui a ver a un especialista. Me dijo lo mismo y pedí otra opinión. Lo llamé para que me diera el resultado el día anterior a la boda –Guy tomó aliento–. Por eso estuve tan brusco contigo ese día.

–Eso no importa ahora. ¿Qué te dijo?

–Que podía durar hasta tres años y que era posible que no volviera a oler bien. Lo que significaría que mi profesión se habría acabado.

–Guy… –ella lo abrazó con fuerza–. ¿Has notado alguna mejoría?

–¿Tú qué crees? Ni siquiera pude oler el guiso quemado.

–Estabas absorto con el trabajo…

–Cualquier persona normal lo habría olido. Tú lo oliste.

–Estaba en la bañera. También se me han quemado cosas porque estaba concentrada en algo –Amber le apartó el pelo de la frente–. ¿Los dolores de cabeza tienen que ver con eso?

Él cerró los ojos y apoyó la frente en su hombro. Necesitaba su cariño. Si pudiera olerla…

–Seguramente sean por el estrés. En este momento, estoy aterrado por pensar qué haré si no recupero el olfato.

–¿Se lo has contado a Xav?

–¿Cómo iba a contárselo? Durante los primeros meses pensé que se solucionaría solo. Pero no se solucionó. Septiembre es el mes de la cosecha, el más ajetreado para Xav. No podía meterle más preocupaciones. Además, iba a casarse. No podía estropearle un momento tan feliz –Guy se incorporó y resopló–. Estoy bien. Lo sobrellevaré.

–No estás bien, Guy –replicó ella acariciándole la cara–. No me excluyas. A lo mejor estás agobiándote tanto que no te das la oportunidad de curarte. ¿Hay alguien que pueda sustituirte un tiempo? Tu mano derecha en la casa de perfumes, tu socio, alguien…

–Mi socio, no, desde luego. Philippe es la última persona a la que se lo contaría.

–¿Por qué? –preguntó ella sin entenderlo–. Debería ser la primera.

–Quizá en otros tiempos –Guy suspiró–. Una gran empresa nos ha hecho una oferta por la casa de perfumes. Nuestro último perfume se vendió muy bien y supongo que eso hizo que los grandes del sector se fijaran en nosotros. Philippe cree que deberíamos aceptar la oferta.

–Y tú, no.

–No. Me gusta el estilo de Perfumes GL. Somos como una familia. Si una gran empresa toma el control, todo será anónimo y se preocuparán más por reducir costes que por crear el mejor perfume para nuestros clientes. Tendremos que utilizar sus proveedores porque serán más baratos que los nuestros –Guy sacudió la cabeza con fastidio–. Es gente que conozco desde hace muchos años, que me dio una oportunidad cuando empecé, que nos ha dedicado muchas horas y ha sido fiel conmigo. ¿Cómo puedo vender la casa y traicionarlos?

–Pues compra la participación de Philippe.

–Eso era lo que había decidido. Comprar la participación de Philippe y mantener Perfumes GL como está. Podría pedir un crédito o buscarme otro socio –hizo una mueca de disgusto–. Sin embargo, es casi imposible encontrar un socio que no quiera participar en la dirección de la empresa. Philippe lo ha hecho muy bien, pero está aburrido y quiere empezar algo nuevo. Además, no sería justo que los empleados de la casa de perfumes tengan que soportar las incertidumbres de otro socio.

–¿Por qué te asociaste con él?

–Porque no quería esperar hasta que tuviera dinero para comprar las instalaciones y el material. Yo buscaba el sueño de tener mi propia casa de perfumes y crear aromas que fuesen especiales para la gente, aromas que fuesen mis creaciones. Hay gente que cree que aspiré a mucho y muy pronto –Guy se encogió de hombros–. Es posible que tengan razón, pero en su momento me pareció que hacía lo acertado. Philippe es el hermano mayor de un amigo mío de la universidad y estaba en mi misma onda hasta ahora –Guy resopló–. Todo se complicó a los seis meses, cuando Vera decidió exprimirme hasta el último euro en el divorcio, pero Xav me sacó del apuro. El año pasado nos fue bien y pude devolvérselo.

–Entonces, puedes conseguir un préstamo u otro socio para salvar la empresa. ¿Cuál es el problema?

–Le gente se aburre de los perfumes.

–El Chanel Nº 5 lleva años… –replicó ella sin entenderlo.

–Hay perfumes clásicos que han durado más de diez años, pero la duración media de un perfume son dos años. El mercado del perfume cambia muy deprisa. Tienes que evolucionar, introducir perfumes nuevos o dar un giro a las líneas clásicas. Si he perdido el olfato, no puedo hacer mi trabajo.

–¿No puedes encontrar a alguien que te sustituya hasta que lo recuperes?

–No sé si lo soportaría. No soportaría ir a trabajar todos los días y saber que las cosas avanzan por la creatividad de otro. El perfume nuevo va a concederme un margen de algunos meses, pero eso es todo. Sé que tengo que hacer algo, pero no sé qué.

Amber se acordó de cómo le describió que creaba un perfume nuevo.

–Dijiste que era como la música. Beethoven siguió componiendo cuando se quedó sordo y mira lo maravillosa que es la novena sinfonía. También dijiste que hueles un perfume en la cabeza sólo por su nombre. Es posible que todavía puedas trabajar.

–El perfume se origina en mi cabeza, pero tengo que mezclarlo y probarlo para saber si hay que variar la fórmula. No sé cómo voy a seguir si no recupero el olfato.

–Guy… –ella no podía soportar la desolación de su rostro–. Lo recuperarás, seguro.

–Eso es lo que he estado diciéndome a mí mismo.

–De acuerdo. Pongámonos en lo peor. Si resulta que no recuperas el olfato, puedes encontrar a alguien para que te ayude a que la casa de perfumes siga adelante.

–Lo sé, pero no sería lo mismo. Ya no sería mi idea, mi sueño.

–Sí lo sería. Nadie puede hacer desaparecer los perfumes que ya has creado. Además, todavía queda la idea de «cree su propio perfume». Estoy segura de que todavía sabes qué tipo de mezclas ofrecer. La persona que encuentres para hacer tu antiguo trabajo podría afinarlos en tu lugar, pero seguiría siendo tu idea. Después…

–Eso es lo que más miedo me da –la interrumpió él.

–Piensa un poco más allá. Allie dijo que tienes una memoria enciclopédica, que conoces prácticamente todos los perfumes que se han creado. Podrías ser un historiador del perfume, la persona de referencia cuando se necesite la opinión de un experto.

–¿Te refieres a que trabaje para un museo?

–O montar tu propio museo. Lo importante es que no tienes que alejarte del mundo del perfume. Tienes el conocimiento. Puedes escribir libros… Ya sé que no sería lo mismo que crear una fragancia nueva, pero no tienes que perderlo todo.

–A mí me lo parece.

Ella, que no soportaba verlo así y tampoco sabía qué hacer para ayudarlo, le tomó la cara entre las manos y lo besó en los labios hasta que él los separó para que profundizara el beso y tomara la iniciativa. Cuando dejó de besarlo, él estaba temblando.

–Guy, no sé cómo ayudarte. No puedo arreglarlo y me encantaría hacerlo –le acarició la cara–, pero puedo hacer una cosa, puedo conseguir que lo olvides un rato.

Volvió a besarlo y se puso a horcajadas sobre su regazo. Notó su erección y se meció sobre ella.

–Amber, tengo que verte.

Le soltó la bata y le tomó los pechos con las manos. Le trazó círculos sobre los pezones con los pulgares hasta que ella echó la cabeza hacia atrás y entonces, tomó uno con la boca y ella gimió.

–Eres increíble, Amber. Haces que me sienta…

Amber contuvo el aliento. ¿Sentía lo mismo que ella? ¿Iba a decirlo? Él dejó la frase inacabada y se concentró en besarle cada centímetro de los pechos hasta que ella se arqueó contra él.

–Guy… –Amber se quitó lentamente la bata de los hombros–. Eres hermoso, como una escultura perfecta –le acarició los pectorales–, pero tú eres cálido.

–Amber, llévame a la cama –le pidió él.

Ella se bajó de su regazo, lo tomó de las manos para que se levantara y lo llevó al dormitorio. Encendió la lámpara de la mesilla, se puso de puntillas y lo besó apasionadamente. Cuando dejó de besarlo, él estaba duro como el acero y temblaba por el deseo.

–¿Preservativo…? –preguntó ella.

–En el cajón.

Ella sacó el envoltorio, lo rasgó y le puso el preservativo.

–Todo mío –dijo ella.

Guy estaba donde quería estar, tumbado de espaldas con Amber a horcajadas encima de él, con los maravillosos rizos alborotados y la boca como si se la hubiesen besado a conciencia. Conseguía parecer lujuriosa y majestuosa a la vez. Ella tenía razón, podía conseguir que se olvidara de todo y la amaba por eso, por ser tan generosa consigo misma, al contrario que su exesposa.

Ella le tomó el miembro para colocarlo y descendió lentamente.

–*Mon Dieu…!* –exclamó Guy.

El placer fue aumentando hasta que no quedó sitio para las preocupaciones. Sólo podía concentrarse en ella, en sentirla alrededor de él, en sentir su piel y en lo mucho que la necesitaba. Aunque sabía que era egoísta al aceptar todo lo que le ofrecía, se dejó llevar dentro de ella. Era cálida, dulce y tranquilizadora, un bálsamo para su espíritu. Entró más profundamente y ella aceleró el ritmo. Notó que se ponía en tensión alrededor de él y se abandonó al clímax, se sentó y la abrazó con todas sus fuerzas, como si no fuera a soltarla jamás. No quería soltarla jamás, pero eso era injusto. En esos momentos, sólo podía ofrecerle el fracaso. Ella, como si lo hubiera notado crispado, se apartó y lo besó.

–No pienses otra vez, Guy –le susurró ella–. Disfruta.

Podría enamorarse de esa mujer. ¿Podría…? Ya era tarde. Se había enamorado de ella, de su sonrisa radiante, de sus ojos conmovedores y de lo que disfrutaba con todo. ¿Qué más daba que fuese una chica que iba de fiesta en fiesta y salía en las revistas? Eso había dejado de importarle. Era dulce y cálida, como un rayo de sol en un día gélido. Además, conseguía que su mundo fuese más acogedor. Sobre todo, en ese momento, cuando todo era tan oscuro y opresivo que casi no podía respirar.

La apartó delicadamente, la besó, se levantó y fue un momento al cuarto de baño. Luego, volvió a la cama y se tumbó abrazado a ella por detrás.

–*Je t'aime*, Amber –susurró él cuando notó que estaba dormida.

No habría estado bien que se lo dijese cuando estaba despierta, pero tenía que decírselo.

Capítulo Diez

Amber se despertó antes que Guy. Así, dormido, parecía relajado, sin rastro de tensión o cansancio en el rostro. Ojalá pudiera arreglarle su mundo, pero no podía. Lo amaba, no sólo porque era impresionante y hacía que le temblaran las rodillas, lo amaba porque era distinto. No era como los mentirosos y majaderos que había conocido. Era honrado, inteligente y serio, pero también era ingenioso y divertido y conseguía que viese el mundo de una forma distinta. Sin embargo, también sabía que su amor no sería suficiente para él. Necesitaba poder crear sus perfumes. Sin eso, se sentiría vacío y ella no sabía cómo conseguir que comprendiera que, efectivamente, su trabajo era importante, pero que también había otras cosas.

Se levantó sin hacer ruido, se puso el albornoz de él y fue a hacer café para los dos.

Él ya se había despertado cuando llevó las tazas y lo besó con delicadeza.

—¿Qué tal la cabeza?

—Estoy acostumbrándome a despertarme con dolor de cabeza.

Ella estuvo a punto de proponerle que se tomara el día libre, pero era probable que en el futuro tuviera más días libres de los que él quisiera. Era preferible que disfrutara de todo el tiempo que pudiera en la casa de perfumes. Se metió en la cama con él.

–¿Puedo hacer algo?

–No, pero eres maravillosa. Consigues que mi mundo sea un sitio más luminoso.

Ella se rió, pero sus palabras le habían llegado al alma. Él también conseguía que su mundo fuese más luminoso. Además, dicho por un hombre tan reservado, era una declaración de sus sentimientos.

–Gracias por el halago.

–¿Qué vas a hacer hoy? –le preguntó él.

–Supongo que tú irás a trabajar, así que daré un paseo por el pueblo.

–Tengo varias reuniones –reconoció él–. También tengo que trabajar con el perfume nuevo. Gina me mandó el diseño del frasco. Está muy bien.

–No me extraña. Es muy buena. Tu perfume nuevo va a dejar impresionado a todo el mundo. Por cierto, ¿tienes pensado alguna modelo?

–¿Estás ofreciéndote? –preguntó él con una ceja arqueada.

–No, pero conozco a una impresionante que nunca ha hecho nada para productos de belleza aunque no paran de pedírselo. Sé que haría una excepción contigo si yo se lo pido –ella levantó la barbilla–. Es mi madre. Que Libby Wynne fuese tu modelo te daría muchísima publicidad.

–¿Intentas solucionarme las cosas, *mon ange*?

–A mi manera de chica insustancial.

–No tienes nada de insustancial y lo sabes –Guy miró el reloj–. Voy a llegar tarde. Gracias por la oferta, la pensaré.

Él estaba siendo amable, pero ella sabía que lo había agobiado. Sólo quería hacer algo para ayudarlo, para que recuperara su mundo. Sheryl, su mejor amiga, estaba prometida a un médico. Hugh era pediatra, pero tenía que conocer a algún especialista de su hospital que tratara problemas de olfato y quizá se le ocurriera algo que no se les había ocurrido a los médicos de Guy. Después de despedir a Guy con un beso, mandó un mensaje de texto a Sheryl para explicarle la situación y preguntarle si Hugh podría aconsejarle algo. También le dijo que era confidencial aunque fuese innecesario. Sheryl era su mejor amiga y conocía los conflictos que había tenido con *Celebrity Life*.

Pasó la mañana leyendo sobre la anosmia en Internet y se le cayó el alma a los pies. Guy tenía que estar volviéndose loco. Ella se volvería loca si tenía que esperar y su profesión no dependía del olfato. Además, se quedó espantada al enterarse de que la pérdida de olfato también producía la pérdida del gusto. Si ella tuviera la enfermedad de Guy y supiera que nunca más volvería a saborear una fresa recién cortada, sería desgraciadísima. Rezó para que a Hugh se le ocurriera algo nuevo que le solucionara las cosas a Guy. Por la tarde, siguió recorriendo las iglesias y los parques de Grasse. Podía entender que a Guy le encantara vivir allí. Cuando él volvió, a última hora, parecía cansado y ella rechazó la oferta que le hizo para salir a cenar.

–Siéntate con los pies en alto. No sabía qué íbamos a hacer esta noche y he comprado pasta fresca, pan y ensalada en el mercado. No tardaré ni cinco minutos en prepararla.

–Eres muy amable, pero no espero que me hagas la comida.

–Lo sé. Si lo esperaras, no te lo habría ofrecido.

–Eso es contradictorio.

–No. Me gusta hacerlo porque no das por sentado que vaya a hacerlo.

–Entonces, gracias, *mon ange*. Me encantará cenar pasta, pan y ensalada.

Sin embargo, seguía notando la tensión en su rostro después de haber cenado.

–¿Te vuelve a doler la cabeza? –le preguntó ella con delicadeza.

–Sí. Me tomaré paracetamol y se me pasará.

–Siéntate conmigo. Apoya la cabeza en mi regazo y te haré un masaje. Una de mis amigas me enseñó un masaje indio para la cabeza y es fantástico.

–Es una oferta que no voy a rechazar.

Guy se tomó un analgésico y se tumbó en el sofá con ella. Cerró los ojos cuando notó que le introducía los dedos entre el pelo y empezaba a masajearle las sienes y el cráneo.

–Es una delicia, *chérie*. Gracias.

–Es un placer –ella le apartó el pelo de la frente–. ¿Qué tal has pasado el día?

–Bien. Le he dado el visto bueno a Gina y he tenido una reunión en el banco para comentar la compra de la participación de Philippe.

–Guy, si necesitas un socio, estoy segura de que mi pa…

Él levantó un dedo y se lo puso en los labios para que no dijera nada más.

–Gracias por la oferta, pero no pasa nada, de verdad. Puedo solucionarlo por mis medios. Las cosas pueden ser inciertas durante un tiempo, pero las cartas están sobre la mesa. Mañana, el banco me dirá su decisión. Les he presentado un plan de negocio y estoy seguro de que aceptarán.

—Claro que sí. Eres genial y estás a punto de lanzar un perfume nuevo que va ser un éxito. Eres un riesgo excelente.

Sin embargo, los dos sabían lo que no había dicho. Era un riesgo excelente si recuperaba el olfato. Si no... su futuro podía ser muy negro.

—¿Me llamarás cuando lo sepas? —le preguntó ella a la mañana siguiente mientras lo despedía.

—Claro, *chérie* —Guy le dio un beso de despedida—. Deséame suerte.

—Mucha mierda —dijo ella intentando parecer despreocupada.

Estuvo nerviosa toda la mañana. Lo único que se le ocurrió para estar ocupada fue hacer algo de repostería. Afortunadamente, había una tienda a la vuelta de la esquina donde pudo comprar los ingredientes. El olor de los bollos de vainilla y las galletas de chocolate la tranquilizaron, pero también hicieron que se diera cuenta de lo complicado que era todo para Guy. Para ella, perder ese sentido haría que su vida fuese insulsa, para él, si no recuperaba el olfato, su vida sería un infierno. Estaba sacando la última hornada de galletas cuando oyó el teléfono y casi dejó caer la fuente al ver que era Guy. Consiguió dejarla en la encimera y agarró el teléfono justo cuando se conectaba el buzón de voz.

—¡No!

Tenía que hablar con él. Le dio quince segundos para que dejara el mensaje y colgara y luego lo llamó. Comunicaba. Colgó y siguió llamándolo hasta que por fin pudo hablar con él.

—Guy, perdona. No he oído el mensaje, pero estaba sacando unas galletas de horno cuando llamaste. ¿Qué ha pasado?

–¿Has estado haciendo galletas?

–O las hacía o me comía las uñas. ¿Qué te han dicho?

–Ya sabes cómo son los bancos.

–Guy, si no me lo dices, te juro que voy a partirte la fuente del horno en la cabeza en cuanto te vea.

–Han aceptado, *mon ange*.

–¡Genial!

–Voy a hacer novillos y voy a llevarte a comer. Es más, vamos a pasar toda la tarde fuera.

–¿No tienes trabajo?

–Puede esperar. En estos momentos, quiero celebrarlo contigo.

Llegó a casa quince minutos después y se comió tres galletas a toda velocidad.

–No has saboreado ni una, ¿verdad? –le preguntó ella en tono cáustico.

–Tenía que probarlas –le contestó él con una sonrisa arrebatadora–. Pero la textura está bien.

–Gracias...

–Voy a cambiarme –él le dio un beso–. Tú estás bien así, sólo necesitas unos zapatos.

–Me alegro de que lo digas. Ayer compré los granate.

–Vaya, menuda sorpresa –replicó él entre risas.

Bajaron la cuesta hasta donde estaba aparcado el coche y fueron hacia el sur, hacia el mar.

–¿Vamos a la playa? –preguntó ella.

–Iba a llevarte a Le Suquet, la parte vieja de Cannes, pero si prefieres pasear por La Croisette o comprar por las boutiques de moda, podemos hacerlo.

–No. Aunque si hay una zapatería en Le Suquet, a lo mejor tengo que entrar.

–Creo que primero comeremos.

Le Suquet, resultó ser precioso y tenía unas vistas fantásticas del puerto viejo y la bahía. Después de comer tranquilamente en un restaurante diminuto, pasearon agarrados por las estrechas calles hasta última hora de la tarde.

–Tiene que ser uno de los días más maravillosos de mi vida –comentó ella.

–De la mía también.

Se miraron a los ojos y Amber se quedó sin respiración. ¿Qué iba a decir él? Sin embargo, se limitó a pasarle un mechón por detrás de la oreja.

–*Mon ange* –susurró él.

«Ángel» era un apelativo muy cariñoso, pero ella quería oír las dos palabras que deberían acompañarlo. Observó que estaba mirándola a la boca en inclinó la cabeza hacia atrás para ofrecérsela. Él sonrió y le tomó la cara entre las manos.

–Eres adorable.

Él también lo era, pensó ella mientras la besaba. Además, lo amaba y quería que él la amara. Sin embargo, no era el momento de ponerse exigente y egocéntrica como había hecho su ex. Ya tenía bastantes problemas. Lo mejor que podía hacer era tomarle la mano y transmitirle que podía contar con ella. Quizá, cuando todo se hubiese solucionado, podría reunir el valor necesario para ser la primera en decirlo y quizá, sólo quizá, él también se lo diría.

Aunque Guy no había hecho ninguna declaración, a Amber le pareció que estaba distinto después de aquello. Era como si se sintieran más cerca y la sonriese con más intensidad.

El miércoles por la mañana, estaban desayunando

cuando sonó el teléfono de ella. Amber miró la pantalla y sonrió a Guy.

–¿Te importa? Es Sheryl.

–No me importa, *mon ange*. Podré leer las noticias económicas.

Amber se tumbó en el sofá para charlar con Sheryl mientras él se ensimismaba con el periódico. Cuando terminó, volvió a sentarse a la mesa y se bebió una taza de café en silencio.

–¿Qué pasa? –le preguntó Guy.

–Acabo de hablar con Hugh, el novio de Sheryl. Es médico –contestó Amber–. Espero que no te importe, pero le pregunté por la anosmia.

–¿Qué has hecho? –preguntó Guy con los ojos entrecerrados.

–Es pediatra, pero la mayoría de sus amigos también son médicos. Está obligado a mantener el secreto –añadió ella precipitadamente–. No va a decírselo a nadie y Sheryl tampoco. Me fío plenamente. Además, no dije que se trataba de ti. Dije que lo preguntaba por un conocido.

Guy no dijo nada y ella siguió.

–Él ha estado unos días fuera de servicio, pero anoche salió a tomar algo con el especialista. Al parecer, el motivo más normal de la anosmia son los pólipos.

–Eso ya lo sé y ya me han metido una cámara por la nariz –replicó Guy–. Si fuesen pólipos, mi especialista los habría visto.

–No lo sé, no soy médica, pero Hugh ha dicho que si tienes dolores de cabeza, podría convenir que volvieras a hacerte las pruebas.

–El dolor de cabeza es por el estrés. Claro, puedo

pedirles que vuelvan a meterme la cámara, pero ya sé lo que van a decirme. Lo mismo que han estado diciéndome todo el rato; que tengo que esperar a ver qué pasa.

–Gracias por matar al mensajero –comentó ella con ironía.

–Perdóname, *mon ange* –él la abrazó y la estrechó contra sí–. Sé que querías ayudarme y te lo agradezco. No debería pagar mi desesperación contigo.

–Me encantaría tener una varita mágica.

–Y a mí –él suspiró–. No creo que nada haya cambiado en un mes, pero pediré cita a mi especialista. Gracias por intentarlo.

–¿Intentarlo? –ella hizo una mueca–. No he hecho nada útil, ya sabías lo que te he dicho.

–Te has preocupado en hablar con alguien que podría haberme ayudado. Además, has estado a mi lado. Me has ayudado a darme cuenta de que si pasa lo peor, no es el fin del mundo porque puedo seguir… con una función distinta. Me has ayudado a digerirlo, que no ha sido nada fácil.

Además, no me has regañado por levantarme a las tantas porque no puedo dormir y luego volver helado a la cama y calentarme contigo.

–Me gusta porque me despierta de una manera deliciosa, *monsieur* Lefèvre –replicó ella con una sonrisa.

–Si no tuviera una reunión con Philippe esta mañana, te llevaría a la cama ahora mismo –él la besó–. Sin embargo, será mejor que me marche. ¿Qué vas a hacer hoy?

–Había pensado ir en autobús a Niza para ver qué tal son las zapaterías allí.

–Debería habérmelo imaginado –él se rió–. Olvídate del autobús. Toma mi coche.

–¿No lo necesitas?

–No –él le dio las llaves–. Vete y encuentra unos zapatos bonitos. No estaría mal algo de ropa interior a juego –añadió él con una mirada burlona–. Esta noche te llevaré a cenar y después, puedes enseñármela.

–Y después, puedes quitármela.

–Eres la mujer perfecta, *mon ange*. Incluso, puedes leerme el pensamiento –bromeó él.

–No es difícil, Guy. Tienes un cromosoma Y.

–Será mejor que me marche –él le dio el último beso y se detuvo junto a la puerta–. Además, para que lo sepas, no se trata sólo de sexo. Lo nuestro, quiero decir.

¿Era su forma de decirle que la amaba, que sentía lo mismo que ella sentía por él? Amber quiso salir corriendo para preguntarle qué había querido decir. ¿La amaba? Esa noche quizá se lo dijese. Ése sería el mejor momento de su vida.

Capítulo Once

Sin embargo, las cosas no salieron según lo previsto. Guy volvió abatido de la casa de perfumes y estuvo taciturno durante toda la cena. No mejoró de humor ni cuando le enseñó los zapatos y la ropa interior nuevos y Amber acabó abrazándolo.

—Guy, va a solucionarse. Tiene que solucionarse.

Él, sin embargo, no lo creyó y cuando se despertó por la noche y vio que él no estaba en la cama, supo dónde estaba. Inclinado sobre el portátil para intentar encontrar a alguien que lo ayudara. Se puso la bata y salió del dormitorio.

—No quería molestarte —se disculpó él levantando la mirada de ordenador.

—Vuelve a la cama, Guy. Vas a agotarte.

Él no dijo nada, pero, para alivio de ella, apagó el portátil y la acompañó a la cama. Cuando sonó el teléfono de Guy a la mañana siguiente, él gruñó, se dio la vuelta y contestó.

—Lefèvre.

Amber pudo oír los gritos de la otra persona, pero no entendió lo que decía. Entonces, Guy se sentó como impulsado por un resorte.

—¿Qué? —Guy suspiró—. Sí, es verdad. No, Philippe, yo no estaba… Mira, esto no tiene sentido. Vamos a vernos en la oficina dentro de media hora y te lo explicaré claramente.

Guy colgó y soltó una ristra de improperios.

—Guy, ¿qué pasa? —preguntó ella.

—Debería haberlo previsto. Soy un idiota —Guy sacudió la cabeza—. Confiabas plenamente en tu amiga, ¿no?

—¿Qué? ¿De qué estás hablando?

Amber se sentó con el ceño fruncido y sin entender lo que estaba pasando.

—Era Philippe. Le ha llamado un periodista para saber si era verdad que estábamos vendiendo Perfumes GL porque yo he perdido el olfato.

—¿Qué? Pero, pero…

Amber se quedó helada. ¿Cómo podía saber la prensa el problema de Guy con el olfato? ¿Él creía que se lo había dicho Sheryl?

—No, es imposible que haya sido Sheryl. Nunca haría algo así. Es mi mejor amiga. La conozco desde los doce años, más de la mitad de mi vida. No ha podido ser ella… ni Hugh. Es médico.

—¿Qué importa eso?

—Los conozco y ninguno nos haría daño voluntariamente. Nunca hablarían con un periodista.

Sin embargo, si se había filtrado la noticia, podría ser un embrollo tremendo, incluso, podría acabar con la empresa de Guy. Guy ya había encendido el portátil y estaba leyendo las noticias.

—*Merde*. Está en todos lados.

—A lo mejor es la empresa que quiere compraros para intentar bajar el precio.

—Entonces, ¿por qué no lo intentaron hace meses? ¿Por qué ahora? Es curioso que haya ocurrido después de que tu supuesto amigo lo comentara con un colega.

—Sheryl y Hugh nunca revelarían una confidencia como ésa —insistió ella.

Para demostrarlo, agarró su teléfono y llamó a Sheryl. Estaba sonando el teléfono cuando Guy le tocó en el hombro y le enseñó otro titular en el ordenador. *Perfumista francés busca ayuda en Inglaterra.* La filtración tenía que proceder de Hugh o de Sheryl. Sin embargo, no podía imaginarse a ninguno de los dos traicionándola de esa manera. Sencillamente, no podía.

–Bambi… –Sheryl estaba llorando cuando contestó–. Bambi, lo siento. Es un lío espantoso.

Amber comprendió que su amiga se había enterado de las cosas que estaba contando la prensa.

–Lo sé, ya hemos recibido llamadas.

–Yo no he dicho ni una palabra a nadie, sólo a Hugh, como me pediste. Esta mañana tuvimos una discusión tremenda porque lo acusé de traicionarte. Está furioso conmigo y creo que va a marcharse de casa.

–Cariño, seguro que se tranquilizará.

Sin embargo, no estaba tan segura de que Guy fuera a perdonarla. Tal y como iban las cosas, era muy probable que, por culpa de ella, perdiera la casa de perfumes, sus sueños y todo por lo que había trabajado tanto. Vio que él estaba hablando por teléfono otra vez y tenía una expresión sombría. Se sintió desolada. Tenía que apoyar a su mejor amiga, pero, en ese momento, tuvo la sensación de que Guy la necesitaba más.

–Te llamaré luego. No te preocupes, cariño, se solucionará.

Ella haría lo que hiciese falta para arreglar todo eso.

–Era el banco –Guy colgó el teléfono con mucha calma, lo cual fue peor que si lo hubiese estampado por la furia–. Deshacen el trato.

–Pero no pueden… –replicó Amber sin aliento.

–Sí pueden, *mon ange* –le rebatió él con amargura–. No les di toda la información pertinente en el plan de negocio. No les dije que ya no puedo oler y, por lo tanto, hacer mi trabajo. Lo cual me convierte en un riesgo inasumible. Además, yo fui quien incumplió las condiciones del contrato y no puedo hacer nada al respecto.

–Sheryl no filtró la historia y creo que Hugh tampoco –afirmó ella.

–Entonces, ¿quién fue? ¿El hombre invisible? –Guy se pasó una mano por el pelo–. Tengo que ir a la casa de perfumes. Tengo que reunir a todo el mundo para tranquilizarlos y explicarles que no van a perder sus empleos y que saldremos de ésta… de alguna manera. Además, tengo que reunirme con Philippe para ver si consigo un poco más de tiempo para encontrar financiación.

El remordimiento se adueñó de ella. La historia no iba a afectar sólo a Guy, también iba a afectar a todos los que trabajaban con él. Lo miró fijamente, descorazonada. Siempre había pensado que las revistas de cotilleos eran fastidiosas, pero inofensivas. En ese momento, estaba presenciando lo que podían hacer con las vidas de las personas. Destrozarlas. Si necesitaba financiación, ella podía hacer algo al respecto. Podía pedir ayuda a su padre o hablar con los administradores del fideicomiso para ver si podían liberar dinero del fondo que la mantenía.

–Guy…

–Ahórratelo, no quiero oírlo –la interrumpió él mientras se iba a la ducha.

Tardó menos de diez minutos en estar preparado para marcharse.

–No sé cuándo volveré –se despidió él antes de salir de la casa.

Aunque ella entendió por qué no le dio un beso de despedida, le dolió muchísimo. Tenía que saber que ella nunca lo traicionaría así. Nunca habría hecho nada para hacerle daño. Parecía como si el mundo estuviera desmoronándose debajo de sus pies. No podía estar pasando eso.

Sin embargo, la historia estaba circulando por todo Internet. Además, para su espanto, descubrió que *Celebrity Life* estaba haciendo una encuesta entre los lectores para que dijeran cuánto creían que tardaría ella en abandonar a Guy una vez que iba a perder su empresa. ¿Cómo era posible? No tenía ni idea de que supieran que estaba saliendo con él. ¿Le gente creía de verdad que abandonaría a su hombre en cuanto las cosas se complicaban? Le dolió tanto que le costó respirar.

Sonó el teléfono fijo de Guy. ¿Debía contestar o sería la prensa? Dejó que saltara el contestador automático y reconoció la voz de Xavier. El hermano de Guy parecía furioso. Hablaba tan deprisa que no pudo entender todo lo que decía, pero sí pudo suponérselo. Era, más o menos: «¿Puede saberse qué es lo que está pasando?» Ella quiso descolgar y explicárselo, pero no era su casa y, además, ¿cómo iba a explicárselo?

Le había destrozado la vida a Guy y tenía que arreglársela. Amber descolgó con expresión sombría. Ése era un momento en el que necesitaba la ayuda de su madre. Aunque fuese una hora intempestiva en Los Ángeles, Libby la perdonaría porque eso era muy importante.

***

Guy estaba reventado al final de la jornada laboral y sabía que las cosas no iban a acabar allí. Todavía tenía que pasar entre los paparazzi que estaban apostados fuera de la casa de perfumes y, con toda certeza, también estarían delante de su casa. Seguramente, Amber habría pasado todo el día atrapada allí y también tenía que verse con ella. Todo era como una repetición de Vera. Si no hubiese dejado que el corazón le dominara la cabeza, eso no habría pasado. ¿Cómo había podido ser tan necio?

Cuando consiguió cerrar la puerta de su casa después de haber soportado los destellos de las cámaras y las preguntas atropelladas de los periodistas, necesitaba un café y una dosis de dulces. No soportó el barullo cuando se separó de Vera, pero detestaba eso mucho más. Esa vez no se trataba sólo de su vida personal, se trataba de su empresa, de todo lo que había levantado con su trabajo.

–Guy…

Amber estaba sentada en el sofá con aspecto cauteloso.

–No soporto que me acosen en la puerta de mi casa.

–Lo siento –ella tomó aliento–. Sé que todo esto te duele mucho y le duele a la gente que te rodea. Te juro que nunca quise que pasara algo así.

Él lo sabía. Naturalmente, no lo había hecho intencionadamente, pero había pasado en cualquier caso y su vida estaba deslizándose hacia el abismo.

–Guy, yo… Verás, esta tarde he hablado con el agente de prensa de mi madre. Podemos arreglarlo.

–¿Podemos? –preguntó él con los ojos entrecerrados.

–Estás metido en este lío por mi culpa y voy ayudarte a salir de él.

–Sé que tú no lo filtraste. Fue tu amiga.

–No. Ya te lo dije, ella nunca haría algo así. Está tan alterada como yo y ya ha descubierto lo que pasó. Me llamó esta tarde –Amber tomó aliento–. Cuando Hugh fue a tomar una copa con su colega, también había otro colega con su novia. Hugh mencionó accidentalmente mi nombre y ella ató cabos. Yo no lo había visto, pero, al parecer, la semana pasada hubo rumores en *Celebrity Life* de que estábamos saliendo.

–¿Esa chica le dijo a la prensa lo que me pasa? –preguntó Guy sin poder entenderlo–. Ni siquiera la conozco, ¿por qué iba a hacer algo así?

–Salí un par de veces con su novio el año anterior a que saliera con ella –contestó Amber con cierto nerviosismo–. Acabó después de la segunda cita, pero, al parecer, ella está celosa. Por algún motivo absurdo, se le ha metido en la cabeza que podría querer volver con él y decidió filtrar eso a la prensa para complicarme la vida y mantenerme alejada de él. Él la ha dejado por eso, pero… es un embrollo –Amber suspiró–. En resumen, es culpa mía. Si no me hubiera entrometido y no le hubiera pedido consejo a Hugh, esto no habría pasado. Al menos, ahora.

–¿Qué quieres decir con «ahora»? –preguntó él con el ceño fruncido.

–Sé que estás enfadado conmigo y no te lo reprocho, pero, Guy, no habrías podido mantener un secreto así eternamente. Habría acabado sabiéndose.

–Es posible, pero también habría podido solucionarlo antes.

–Sé que no quieres oírlo, pero tienes que afrontarlo –Amber tomó aliento–. Llevas meses buscando y no has encontrado el médico que puede ayudarte. Es posible que no puedas solucionarlo, Guy. ¿Hasta cuándo pensabas seguir el consejo de esperar a ver qué pasaba?

–Hasta que hiciese falta –contestó él con un gesto inexpresivo.

–¿Un año? ¿Cinco? Guy, tú mismo dijiste que un perfume dura dos años. Eso significa que tienes como un año para empezar a crear el que sustituya al que vas a lanzar al mercado. Si no recuperas el olfato para entonces, vas a necesitar un plan alternativo.

–¿Te has convertido en una especialista en perfumes? –le preguntó él con cierta acritud.

–No –contestó ella un poco atemorizada–. Es sentido común. Además, entretanto, no puedes limitarte a pasar por alto a la prensa.

–¿No? Tú dijiste que puedes salir indemne de todo con una sonrisa.

–De esto, no. Tienes que hablar con ellos o harán conjeturas mucho más disparatadas.

–¿Entonces?

–Habla con la prensa. Diles lo que me dijiste sobre cómo elaboras los perfumes.

–¿Para que puedan hurgar más todavía?

–No, para que puedan verlo desde otra perspectiva. Si te ven como una víctima que lucha para vencer todo esto, te respaldarán. El agente de prensa de mi madre me dijo que me mandará algunas ideas por correo electrónico, pero tienes que tenerlas en cuenta, Guy…

–Te olvidas de que ya he pasado por esto –la interrumpió él–. Escarban y escarban y nunca se cansan.

–Entonces, hay que darle una historia a la prensa para que no tengan que buscarla. Dales algo que puedan aprovechar. Facilítaselo y se concentrarán en la historia que quieres que cuenten. Si se lo complicas, se lanzarán a la yugular.

–En estos momentos, estoy demasiado cansado para pensar con claridad y mucho más para hacer algo.

–Siéntate. Te prepararé café y algo de comer.

–No tengo hambre.

–Entonces, ¿puedo prepararte un baño de espuma o algo así?

–No. Amber, mi carrera está yéndose por el sumidero, ¿crees que todo se arreglará con un baño de espuma?

–No, pero ¿qué esperas que haga? ¿Quieres que me marche y te deje solo? ¿Es lo que quieres que haga? ¿Quieres que me marche?

–En estos momentos, no sé lo que quiero –contestó él.

Eso dejaba muy claro que no la quería a ella, si no, no tendría dudas.

–Sin embargo, no creo que encuentres un vuelo a Londres hasta mañana y no tiene sentido que te abras paso entre los paparazzi para sentarte toda la noche en el aeropuerto –siguió él.

–Dormiré en el sofá para no molestarte.

–Eres mi invitada. Yo dormiré en el sofá –replicó él.

–Guy, no quiero echarte de tu cama.

Quería compartirla con él y abrazarlo para que supiera que iba a apoyarlo y que, juntos, saldrían de ese embrollo.

–Dormiré en el sofá –repitió él inexpresivamente.

Iba a mantenerla a cierta distancia y no podía hacer nada al respecto. Había llegado a pensar que iba a decirle que la amaba y, en ese momento, la detestaba. Además, ella podía entender el motivo. Toda su vida estaba en el alero por su culpa y podía perder lo que había conseguido con tanto trabajo.

Amber durmió muy mal esa noche. Supo que Guy también había dormido mal porque pudo ver el leve resplandor de la pantalla del portátil por debajo de la puerta. Anheló salir, abrazarlo y decirle que ella iba a solucionarlo todo, pero habría sido una promesa vana porque no podía solucionar el mayor problema que tenía él. Además, si lo atosigaba como había hecho Vera, si él sentía que estaba reclamando su atención, sólo aumentaría la brecha entre ellos. Sólo podía esperar que si le daba espacio y tiempo para pensar, quizá la perdonase y le diese la oportunidad de arreglar todo el perjuicio que pudiese.

Guy se sentía fatal a la mañana siguiente. Pudo ver las ojeras de Amber cuando salió del dormitorio y supuso que ella se sentía igual. Evidentemente, había dormido tan poco como él.

Deseó no haber sido tan terco. Era demasiado alto para dormir en el sofá y le dolía la espalda. Tampoco habría dormido en la cama, estaba demasiado enfadado y desesperado, pero, al menos, habría estado tumbado cómodamente… y con ella entre los brazos.

–¿Qué tal estás? –le preguntó ella con una voz ronca por la falta de sueño.

–Mal –contestó él haciendo una pausa–. ¿Y tú?

–Mal también –susurró ella–. Lo siento, Guy.

–No puedes cambiar el pasado –replicó él encogiéndose de hombros.

–Si puedo hacer algo… lo que sea…

–No.

Él vio que Amber parpadeaba para contener las lágrimas por su rechazo. La verdad era que no había sido culpa suya. Había estado pensándolo toda la noche y, aunque seguía enfadado por la imprudencia de sus amigos, sabía que ella lo había hecho con su mejor intención. Además, hasta que todo saltó por los aires el día anterior, había sido feliz con ella.

–Tengo que trabajar. Hablaremos esta noche –siguió él mientras se dirigía hacia la puerta.

–Guy…

–¿Qué? –él se paró con la mano en el picaporte.

–Si tienes gafas de sol, póntelas –ella le señaló sus propias ojeras–. Y sonríe. Cuanto peor te sientas, más amplia tiene que ser la sonrisa.

–Habla la voz de la experiencia…

Ella asintió con la cabeza porque, claramente, no se atrevió a hablar. Él rebuscó en un cajón y sacó las gafas de sol.

–Gracias –dijo él.

–De nada.

Parecía tan desdichada que él no pudo evitar acariciarle la mejilla con el dorso de los dedos.

–Hablaremos esta noche –le prometió él con delicadeza antes de marcharse.

Los paparazzi estaban esperándolo. Él siguió el consejo de Amber y levantó la barbilla y sonrió. Sonrió de oreja a oreja hasta que llegó a la casa de perfumes. El teléfono ya estaba sonando cuando entró y se pasó toda la mañana atendiendo llamadas, contestando correos electrónicos, convenciendo a financieros y tranquilizando a clientes preocupados. Era extenuante y estaba a punto de desmoronarse cuando Simone, su secretaria, le llevó un montón de notas con mensajes.

–Tíralos a la papelera –ya había hablado con quien quería hablar o estaba esperando correos–. No voy a hablar con la prensa.

–Es posible que quieras responder a esta llamada, Guy.

Ella lo miró con cierta compasión mientras le daba la nota. Era del profesor Pascal Marchand de París. Un nombre que no le sonaba de nada.

–Es un médico –añadió Simone en tono esperanzador.

¿Un médico? ¿Por qué lo llamaba un médico? A no ser que… Sintió un arrebato de esperanza. ¿Era la respuesta que había buscado con tanto ahínco?

–Muy bien, lo llamaré ahora.

Rezó en silencio para que fuese una buena noticia, para que fuese alguien que podía ayudarlo. Esperó que no estuviera ocupado con pacientes todo el día y, para su alivio, la secretaria del médico le pasó la llamada inmediatamente.

–Estoy haciendo unos ensayos clínicos sobre la anosmia –le explicó el profesor Marchand–. He leído su caso en los periódicos y podría ayudarlo si está interesado en participar.

¿Interesado? Podría besarlo.

–Estoy muy interesado. Gracias.

–¿Podría venir a París para comentarlo y hacer algunas pruebas?

–Naturalmente –contestó Guy–. Dígame dónde y cuándo.

Concertaron una cita el lunes por la tarde y fue como si los nubarrones se hubieran disipado y luciera el sol. Quizá, sólo quizá, eso fuese a dar resultados.

Descolgó el teléfono mientras repasaba los correos electrónicos. Había uno que Amber reenviaba de alguien. Supuso que era del agente de prensa de su madre con consejos para lidiar con la prensa. Había tenido tiempo para pensarlo y comprendió que Amber tenía cierta razón. Tenía que lidiar con la prensa. Además, como hablar con la prensa no era su actividad favorita, también tenía sentido aceptar el consejo de un especialista, alguien que supiera lo que estaban haciendo y le impidiera cometer los mismos errores que cometió en el pasado. Ojeó el correo y se dio cuenta de que el agente de prensa era increíblemente pragmático y que todo lo que leyó era muy juicioso. Lo leyó otra vez con más detenimiento y tomando notas. Media hora después, ya había elaborado una estrategia y había acordado una entrevista telefónica con *What's Hot!*

Al final de la tarde, todavía quedaban muchas aristas y asuntos que solucionar, pero había encauzado cómo limitar los daños. Tenía una fuente de financiación y podía comprar la participación de Philippe en la casa de perfumes, tenía una cita con el médico de París y sabía exactamente hacia dónde se dirigía. Sólo le quedaba solucionar un aspecto de su vida: Amber. Tenían que hablar.

Capítulo Doce

Amber estaba terminando de hacer el equipaje cuando Guy entró.

–¿Qué estás haciendo? –le preguntó él.

–Dejar de incordiarte –contestó ella–. Sin embargo, no iba a dejarte una nota y a salir corriendo. Iba a despedirme de ti y a decirte cuánto lamento que hayan acabado haciéndote daño por mi culpa.

–¿Vas a marcharte?

Él pareció asombrado, no aliviado. ¿Significaba eso que quería que se quedase?

–¿No era eso lo que querías? –preguntó ella con cautela.

–Yo… –él se encogió de hombros y extendió las manos–. Sí… y no.

–Eso no aclara nada, Guy.

–Lo sé. Mi cabeza me dice que sí porque cuando salgas de la situación, la prensa verá que sólo soy un aburrido empresario y se olvidará de mí. Como hicieron cuando Vera y yo nos separamos definitivamente.

Su cabeza le decía que se marchase, pero él había dicho «sí» y «no». Eso le daba cierta esperanza.

–¿Qué parte de ti dice «no»?

–Una parte en la que no puedo confiar. Me llevó por el camino equivocado la última vez que la seguí –contestó él.

–No te entiendo –ella frunció el ceño.

–Mi corazón –le explicó él–. Lo nuestro... todo ha sido muy precipitado. Como pasó con Vera.

–No soy Vera.

–Ya lo sé –reconoció él con delicadeza–, pero hay muchos paralelismos.

–¿Por ejemplo?

–La conocí cuando ella participaba en la campaña del último perfume que hice para mi antigua empresa. Almorzamos juntos. Era encantadora, ingeniosa e increíblemente guapa y me enamoré al instante. ¿Sabes qué es ver a alguien por primera vez y sentir un arrebato de vitalidad?

Lo que le pasó a ella cuando lo vio a él. Sabía perfectamente de qué estaba hablando.

–La invité a cenar esa misma noche –Guy resopló–. No es muy delicado decírtelo y me disculpo, pero tengo que ser sincero. Fue increíblemente intenso. Acabamos en la cama esa noche y nos quedamos todo el fin de semana.

Muy parecido a lo que había pasado entre ellos. De no haber sido por el desayuno de la boda, lo más probable era que Guy y ella no hubieran salido de la cama esa mañana... ni el resto del día salvo para ducharse y buscar algo de comida.

–Una semana después, le pedí que se casara conmigo. Ella aceptó y pensé que sentía por mí lo mismo que yo por ella. Decidimos no esperar para casarnos. Nos casamos en cuanto resolvimos el papeleo aunque sólo nos conocíamos desde hacía un mes. Xav me avisó de que no me precipitara y que le diera más tiempo a nuestra relación, pero no le hice caso –Guy se encogió de hombros–. Estaba perdidamente enamorado de ella y pensé que eso bastaba.

–Pero no bastó –concluyó ella con delicadeza.

–No. Estuve a punto de perder la casa de perfumes y me prometí que nunca volvería a enamorarme de alguien como ella, que nunca volvería a dejar que el corazón se impusiera a la cabeza.

–Entonces, ¿estás juzgándome con el mismo rasero que a tu exesposa? No es justo. No soy como ella –replicó Amber con más calma de la que sentía–. Efectivamente, procedo del mismo mundo que ella y he cometido muchos errores, pero no soy como Vera.

–Lo sé, pero cuando te conocí, sentí la misma atracción inmediata.

–Entonces, ¿crees que eso significa que voy a ser igual que ella? –ella sacudió la cabeza con una mezcla de fastidio y tristeza–. Si es así, me alegro de haber hecho el equipaje.

–No eres como ella y tampoco quiero que te marches –replicó Guy con un suspiro–. Estoy enredándolo todo, pero, en este momento, tal y como están las cosas, me aterra volver a equivocarme como me equivoqué la otra vez. Perteneces a su mundo. Yo no era suficiente para ella y entonces estaba levantando la casa de perfumes y tenía a todo el mundo a mis pies. Ahora, todo pende de un hilo y no puedo garantizar lo que pasará en el futuro, aunque creo que estoy bien encaminado para solucionar las cosas.

–¿Qué? –ella lo miró sin dar crédito a lo que había oído–. ¿Crees que todo se trata de dinero o posición social? ¿Estás loco? Para empezar, te recuerdo que me pago mis gastos. No busco un hombre que me mantenga económicamente. No me apetece nada tener que dar cuentas a un hombre de lo que me gasto en zapatos o teléfono. Me gasto el dinero como quiero y voy a seguir haciéndolo. Estamos en el siglo XXI, no en el XIX.

–No quería….

–¿Sabes lo que estoy buscando? –lo interrumpió ella–. Cuando vine a Francia no lo sabía, pero ahora sí lo sé. Estar contigo me ha enseñado exactamente lo que quiero –ella levantó la barbilla–. Quiero una relación de igualdad con alguien con quien me guste estar y a quien le guste estar conmigo. Con alguien que quiera estar conmigo, pero no cada segundo del día. Quiero hacer bobadas con mis amigas y que él también haga sus cosas. Nuestras diferencias son las que nos hacen interesantes –ella hizo una pausa–. Ya me estoy yendo de la lengua otra vez. No me has pedido tener ninguna relación contigo y me has dejado muy claro que no soy lo que estás buscando.

–Somos de mundo distintos. A ti te gustan los focos.

–En absoluto –replicó ella–, pero sí me gusta divertirme, hacer fiestas y ver a mis amigos.

–Yo no soy así. Soy un científico chiflado con una vida muy tranquila.

–No coincidiremos, ¿verdad? Esto entre nosotros… estaba destinado a ser temporal. Sexo apasionado.

–Y a matar el gusanillo –él la miró–. ¿Lo has matado?

–No sé si tengo valor para contestar eso –Amber se mordió el labio inferior–. Contesta tú primero.

–Sigues muy viva dentro de mí. Me gusta tenerte cerca. Has conseguido que sonriera en un momento de mi vida cuando creía que el mundo iba a acabarse. Has conseguido que comprendiera que todavía puedo hacer muchas cosas en mi vida aunque no en-

cuentre un médico que me ayude. Reconozco que a
mí corazón le da pánico que seas como Vera, pero mi
cabeza sabe que no lo eres.

–Y confías en tu cabeza.

–Sí. Entiendes mi trabajo y eso hace que me sienta vivo. Sin embargo, las cosas van a ser complicadas.
Si recupero el olfato, voy a trabajar muchas horas
para mantener mi plan de negocio. Si no, vivir conmigo va a ser insoportable hasta que lo acepte completamente… y puedo tardar.

–En una relación, hay momentos buenos y malos
–Amber hizo una pausa–. Dijiste que no querías tener
una relación…

–Tú tampoco –él la miró a los ojos–. ¿Qué quieres?

–Es difícil contestar eso.

–¿Por qué?

–Porque si digo que quiero una relación contigo,
que quiero salir contigo y que todo el mundo lo sepa,
creerás que necesito respaldo emocional como Vera y
te disuadiré. Si digo que me conformo con una relación temporal de sexo apasionado, creerás que soy superficial y que me aburriré, como tu ex. Salgo perdiendo en cualquier caso. ¿Qué quiero? Quiero un
hombre que vaya a aceptarme, a amarme como soy.
Que no vaya a etiquetarme, a controlarme o a cambiarme, que acepte que me gustan las fiestas y quedar-
me en casa.

–¿Que eres asidua de las revistas y un ángel hoga-
reño?

–No soy un ángel –replicó ella con ironía–. Soy yo.
Efectivamente, me encanta la vida social y soy una insustancial que va de fiesta en fiesta, pero tú me ense-
ñaste que tengo profundidad.

–Es verdad. Y no eres insustancial. Me imagino que es posible ser más de una cosa a la vez.

–Lo es. Te preguntaré lo mismo. ¿Qué quieres?

–Tienes razón, es difícil contestarlo –dijo él lentamente–. Quiero alguien que me entienda. Alguien que entienda que algunas veces estaré pensando en otra cosa, abstraído cuando creo un perfume, y que no se queje ni espere que lo deje todo por ella. Alguien a quien no le importe que no quiera vivir en París, Nueva York o Roma, alguien a quien le guste dividir el tiempo entre el *château* y la casa de perfumes como hago yo.

¿Estaba diciendo que no tenían un porvenir juntos, que no iba a ceder lo más mínimo?

–Sin embargo, también quiero alguien que sepa divertirse –siguió él–. Alguien que me impida ser tan chiflado y serio, alguien tan disparatado e impulsivo que es capaz de posar para mí como uno de mis cuadros favoritos, alguien que tiene un par de zapatos de aguja para cada día, al menos, del mes, pero sospecho que del año. Alguien que cree que puedes salir airoso de casi todo con una sonrisa.

La esperanza se adueñó de ella. Lo que había dicho la describía a ella y quería decir que no iba a intentar cambiarla o controlarla.

–Entonces, ¿darías una oportunidad a alguien con un historial espantoso de relaciones?

–Si ella hace lo mismo conmigo, sí –Guy hizo una pausa–. Además, espero que cancele el vuelo, deshaga el equipaje y vuelva a guardar sus cosas en el armario.

–¿Estás seguro de que eso es lo que quieres? –había una cosa más que sería inevitable y que a él iba a costarle aceptar–. ¿Puedes soportar que la prensa nos persiga un tiempo?

–Estar contigo significa estar expuesto al público al menos durante algún tiempo –él se encogió de hombros–. Me acostumbraré, pero lo que necesito de verdad es que vuelvas a estar entre mis brazos.

–Creí que no ibas a pedírmelo –dijo ella con una sonrisa.

Medio segundo después, la tenía rodeada con sus brazos y estaba besándola como si su vida dependiese de eso.

–Siento habértelo hecho pasar tan mal –dijo él cuando por fin dejó de besarla.

–No importa. Entiendo el motivo. Si yo hubiese estado en tu situación, seguramente habría hecho lo mismo.

–Eso es más de lo que me merezco.

–Se me ocurren algunas cosas para que puedas resarcirme –comentó ella con una sonrisa.

–Estoy deseando oírlas, pero antes tengo que decirte algo –él la acarició la cara–. Te amo, te amo de verdad. Consigues que mi mundo sea más luminoso.

–Yo también te amo –ella también le acarició el rostro–. Creo que me enamoré la noche de la boda de tu hermano, cuando bailaste conmigo. Nadie había conseguido que me sintiera tan ardiente. Me dije que era sexo, pero no lo era.

–No, era mucho más, pero ya que lo mencionas…

Después de un rato largo y gratificante, Amber estaba tumbada y acurrucada entre los brazos de Guy.

–Quería decirte otra cosa antes de que me distrajeras –comentó Guy–. Hoy he recibido una llamada telefónica.

–¿La prensa? –preguntó ella con una mueca de disgusto.

–Un médico de París. Está haciendo un ensayo clínico para tratar la anosmia. Tengo una cita con él el lunes por la tarde para ver si soy apto para el ensayo.

–¡Es una noticia fantástica! –exclamó Amber con una sonrisa–. Quiero decir, ya sé que no hay garantías de nada, pero es el primero que dice algo positivo. Es un primer paso.

–Un primer paso muy bueno.

–Mmm, podría ir contigo si quieres. Ya sabes, como apoyo moral y todo eso –ella se mordió el labio–. Será mejor que no vaya. La prensa nos acosaría.

–Ya está acosándome. No va a cambiar nada si nos persiguen en París o no. Me gustaría que me acompañaras. Me vendría bien el apoyo moral, por si acaso…

Ella lo calló con un dedo en los labios.

–No te adelantes. Espera a ver qué te dice –ella arqueó una ceja–. Evidentemente, voy a tener que distraerte todo el fin de semana.

El doctor Marchand tenía cincuenta y muchos años, un aire distinguido y una sonrisa fácil. No le importó que Amber estuviera como apoyo moral de Guy y ella le sujetó la mano durante las preguntas y cuando le metió el tubo con la cámara por la nariz. Tuvo que quedarse en la sala de espera mientras le hacían un escáner, pero pronto llegó el momento de volver a ver al médico para saber la decisión. Guy tenía el estómago encogido y le costó un esfuerzo sobrehumano dar un paso detrás de otro y llamar a la puerta del médico. Sin embargo, el profesor Marchand lo miró con una sonrisa desde detrás de su escritorio.

–Me temo que no es apto para mi ensayo.

Guy se quedó sin respiración y no pudo saber lo que el médico dijo después. Había esperado con toda su alma que el tratamiento nuevo fuese la solución. Sin embargo, parecía que iba a tener que resignarse a vivir con eso.

–Guy, Guy –Amber lo zarandeó–. ¿Has oído lo que ha dicho el doctor?

–Estoy buscando gente que tenga verdadera anosmia –repitió el profesor Marchand–. La suya tiene cura.

–¿De verdad? –preguntó Guy mirándolo con los ojos fuera de las órbitas.

–Está producida por un pólipo en el seno nasal y el tejido en lo alto de su nariz, el que afecta a su olfato, está bien. Creo que ese virus le produjo sinusitis y el pólipo se desarrolló. Su olfato ha ido empeorando gradualmente desde que contrajo el virus, ¿verdad?

–Sí. Ahora es casi inexistente.

–Los pólipos se curan fácilmente.

Guy no podía entenderlo.

–Pero los dos últimos especialistas que visité no encontraron nada.

–¿Cuándo los visitó? ¿Hace un mes? ¿Dos? Es posible que los pólipos fuesen tan pequeños que no los vieran o que, debido a que su trabajo es tan sensible, su nariz haya reaccionado más virulentamente que una nariz normal, desproporcionadamente al tamaño de los pólipos, y los doctores creyeran que el motivo del problema era otro y no vieron lo evidente.

Podía curarse. El corazón de Guy latía con tanta fuerza que no podía hablar.

–La mejor noticia es que el tratamiento inicial es un sencillo esteroide inhalado para reducir el pólipo –siguió el doctor–. Si no da resultado, podemos intentar otros tratamientos, pero lo más importante es que recuperará el olfato, aunque tengo que advertirle que puede tardar en recuperarlo completamente.

Guy notó que la sangre era como un raudal abrasador. Todo iba a solucionarse.

–Gracias a Dios –susurró Amber agarrándole la mano con fuerza.

Sin embargo, había una pregunta que le angustiaba.

–¿Se reproducirá el pólipo?

–Si la medicación no da resultado o si el pólipo se reproduce, podemos probar con pastillas de esteroides o extirpárselo con una operación. Lo importante es que tiene solución. Puede dejar de preocuparse. Para mí, es una lástima que no sea apto para mi ensayo clínico porque un hombre con su profesión sería un caso de estudio muy interesante. Sin embargo, me alegro mucho por usted.

–Gracias –Guy estrechó la mano del doctor con un alivio indescriptible–. No puedo expresar lo que significa para mí. Es…

Guy no pudo terminar la frase por la emoción.

–Me alegro de haber servido de algo –el profesor Marchand sonrió mientras escribía una receta–. Tiene que tomar esto todos los días y tomarlo bien.

–Gracias.

–Llámeme si hay algo que le preocupe.

–Lo haré –afirmó Guy mientras tomaba la receta con una sonrisa.

Después de pasar por la farmacia y volver al hotel, Guy abrazó a Amber.

–Se va a solucionar –él parpadeó para contener las lágrimas–. Me siento como si me hubieran quitado el peso de todo el universo de la espalda. Además, todo te lo debo a ti. Si la historia no hubiese saltado a la prensa, el profesor Marchand no se habría puesto en contacto conmigo y yo seguiría pensando que no tenía cura. Mi vida seguiría siendo un desastre.

–Me alegro muchísimo de que se haya solucionado, de que ya no tengas que vivir una pesadilla.

–No. Voy volver a vivir un sueño y quiero vivirlo contigo, Amber –Guy hizo una pausa con los ojos oscuros por la sinceridad–. Como mi esposa.

No podía decirlo en serio. Además, había dicho que sin ella su vida sería un desastre. ¿Se lo pedía porque no podía vivir sin ella?

–No tienes que sentirte obligado conmigo o agradecido. Es el peor motivo para pedirle matrimonio a alguien.

–No es el motivo. Quiero decir, claro que te estoy agradecido, pero quiero casarme contigo porque quiero vivir contigo. Das una dimensión nueva a todo. Sin ti, nada está bien. Me falta la esencia de mi vida. Es como un perfume que sólo tuviera la nota superior y la inferior, sin nada en medio. Todo está desequilibrado.

¿De verdad sentía eso por ella? Era lo mismo que había sentido por Vera y todo acabó fatal.

–No –dijo ella–. No voy a casarme contigo.

–¿Por qué? –preguntó él con el ceño fruncido–. Te amo y tú me dijiste que me amabas.

–Es verdad.

–Entonces, ¿qué pasa?

–Te casaste precipitadamente con Vera y te arrepentiste. No quiero que nos pase lo mismo.

–No nos pasará –él le tomó la mano y se la besó–. Lo sé porque no eres como ella y he sido un estúpido al haber creído que lo eras. Procedéis del mismo mundo, pero tú ves las cosas de una forma distinta. Los dos vamos a tener que transigir, a llegar a un acuerdo para que salga bien, pero creo que podremos hacerlo.

«Un acuerdo», ésas eran las palabras que ella estaba esperando oír.

–Muy bien, llegaremos a un acuerdo. Si sigues seguro dentro de seis meses, pídemelo otra vez y aceptaré, pero no hasta entonces.

–¿No crees que podemos hacerlo? –preguntó él con el ceño fruncido.

–La verdad es que sí lo creo, pero necesito que los dos nos demostremos que no va a ser como tu anterior matrimonio. No vamos a precipitarnos esta vez. Emplearemos nuestras cabezas además de los corazones. Además, todavía tengo que hacer cosas en Inglaterra. Tengo organizado un baile en Navidad y tendré que resolver cosas la semana anterior, cosas que nadie puede hacer por mí porque yo soy quien tiene todos los datos.

–Naturalmente. No espero que lo dejes todo por mí.

–¿Qué esperas? –le preguntó ella.

–Compartir la vida contigo. Yo tengo mi trabajo y tú tienes tus recaudaciones de fondos y tus amigos. Sin embargo, cenaremos juntos y nos preguntaremos qué tal hemos pasado el día. Algunas veces iremos a fiestas y otras nos quedaremos en casa –Guy hizo una pausa–. También iremos a la playa para hacer castillos de arena con nuestros hijos.

Ella lo miró fijamente sin acabar de creerse lo que había oído.

–¿Quieres tener hijos?

–Una familia. Contigo, cuando estemos preparados.

Quería forma una familia con ella, una familia donde la amarían por ser ella misma. Parpadeó para contener las lágrimas.

–Guy… Seis meses y entonces, quiero una petición romántica de verdad.

–Trato hecho –él se rió y la besó.

Epílogo

Seis meses más tarde

–Guy, ni siquiera ha amanecido todavía –dijo Amber acurrucándose en la cama–. Vuelve a dormir un rato.

–Ya llevo media hora levantado.

–¿Por qué? –preguntó ella abriendo los ojos y con el ceño fruncido–. ¿Pasa algo?

–No, pero tienes que levantarte, ducharte deprisa y vestirte. No hagas preguntas y confía en mí –añadió él.

–De acuerdo, de acuerdo. ¿También vas a ponerte exigente con lo que me ponga?

Él le señaló un vestido que colgaba de la puerta.

–Ése.

Era un vestido corto, recto y de color granate. Amber supo, sólo con verlo, que era de seda. No lo había visto nunca. Además, se dio cuenta que él iba vestido con traje y corbata, algo que no se ponía nunca para ir a trabajar.

–¿Guy…?

–Nada de preguntas –le recordó él–. Ah, no te pongas perfume.

–¿Sin perfume?

Amber había aprendido durante esos seis meses que cuando Guy estaba entusiasmado con algo, se ahorraba mucho tiempo si le seguía la corriente. Se duchó,

151

se lavó los dientes, se cepilló el pelo, se maquilló míni-
mamente y se probó el vestido. Le quedaba perfecto y,
además, Guy le había dejado unos zapatos impresionantes del mismo color y de un cuero suavísimo.

Bajó las escaleras preguntándose qué estaría tra-
mando. Guy salió de la cocina y le sonrió.

—Perfecto. Ven a la sala.

Ella obedeció.

—Espera un par de minutos como mucho… y no
fisgues.

—Estás empezando a ponerte un poco pesado, ¿lo
sabías?

Él se río.

—Dentro de tres minutos, me habrás perdonado,
mon ange.

Ella no estaba tan segura, pero se quedó donde estaba hasta que fue a buscarla. La sacó al jardín por las
puertas acristaladas de la biblioteca y la llevó a la rosaleda. Ella parpadeó por la sorpresa al ver una mesa
de hierro preparada para dos personas e iluminada
con una docena de velas muy pequeñas. Había un
centro de rosas recién cortadas y un cubo de plata con
una botella de champán dentro. Además, también había un cesto con bollos franceses todavía calientes.

Guy le apartó una silla y se sentó enfrente.

—Ahora, a desayunar. Justo después de amanecer.
Cada segundo a partir de ahora…

El sol empezó a salir e iluminó la rosas que los rodeaban.

—Buenos días, *mon ange* –la saludó él con una sonrisa.

—Guy, es precioso –reconoció ella sin poder evitar
una sonrisa.

–¿Me perdonas por haberte despertado tan pronto ahora que ya sabes que quería desayunar contigo al amanecer?

–Sí, pero sigo sin entender por qué querías que me vistiera así ni por qué llevas traje.

–Ésa es la siguiente parte –Guy le dio un estuche maravillosamente envuelto con papel de seda y una cinta también de seda–. Para ti, *mon ange.*

–¿Para mí? Guy, faltan dos meses para mi cumpleaños.

Él puso los ojos en blanco.

–Lo sé. Ábrelo y deja de hacerme sufrir, ¿de acuerdo?

El estuche era demasiado grande para un anillo. Además, no le había pedido que se casara con él y eso hacía que se diese cuenta de cuánto deseaba que lo hiciera. Habían acordado concederse seis meses y cada día que había pasado con él, fuese en Inglaterra, Grasse o el *château*, la había hecho cada vez más feliz. Ella se había implicado en la casa de perfumes y trabajaba en la línea «cree su propio perfume» además de responder a preguntas de revistas femeninas. Le encantaba el trabajo y Guy también la acompañaba a fiestas deslumbrantes, aunque ya no aceptaba ni la mitad de las invitaciones porque le gustaba quedarse tranquilamente con él por las noches. Había salido mucho mejor de lo que cualquiera de los dos había soñado.

Deshizo el envoltorio del paquete y vio una caja blanca muy sencilla con el logotipo de Perfumes GL. Cuando la abrió, apareció un frasco de perfume de cristal color amatista y con la forma de un corazón.

–Guy, es precioso.

–Es el reverso, *mon ange.* Mira el otro lado.

Dio la vuelta al frasco. Allí había el contorno de un

corazón color ámbar y dentro, como escrito a mano, podía leerse: *Ámbar de mi corazón*. A ella le dio un vuelco el corazón.

–¿Qué es esto? ¿Es un prototipo de tu nuevo perfume?

Ella sabía que había estado trabajando en un perfume nuevo desde que lanzó al mercado Angelique, con un éxito increíble, y lo había hecho en el más estricto secreto, no había dejado entrar a nadie en el laboratorio, ni a ella. Además, lo había llamado como ella.

–Es lo que dice al frasco –él sonrió–. No, no se va a comercializar. El frasco me lo diseñó un artesano local y es exclusivo. El perfume también es único, como tú.

Ella no podía asimilarlo.

–¿Lo has creado para mí?

–Es exactamente lo que siento por ti, hasta la última gota. No te lo había dicho, *mon ange*, pero podía ver a las personas como perfumes. Perdí esa capacidad durante un tiempo, pero fuiste esencial para que la recuperara. Para mí, tú eres esto.

–Yo… –Amber parpadeó para contener las lágrimas–. No sé qué decir.

–Inténtalo. Dime lo que te parece.

Entonces supo por qué no había querido que se pusiera perfume. Cuando quitó el tapón del frasco, del mismo color dorado que el corazón, encontró un atomizador. Se puso un poco en la muñeca izquierda.

–Es delicioso, una nota de salida de ámbar, ¿no?

–Efectivamente. Dentro de diez minutos empezarás a oler las rosas, las mismas rosas que estaba recogiendo el día que te conocí –Guy señaló las rosas que los rodeaban–. Por eso quise dártelo aquí. Son por tu dulzura.

Ella contuvo el aliento.

–Y por tu sensualidad –él sonrió–. Estoy pensando en cierto cuadro de Rossetti.

Ella se sonrojó al acordarse del día que posó para él en el laboratorio, semidesnuda y con un ramo de rosas.

–Además, tiene una base de haba de tonka y vainilla. Me recuerda al chocolate, al fondo del color de tus ojos y a la suavidad de tu pelo. También hay otros matices porque eres compleja; vetiver por sexy y fuerte, cítricos por la luminosidad y arándano porque eres inteligente y aguda –terminó la letanía con un beso–. Además, te amo mucho, mucho.

Era una carta de amor en aromas y la dejó muda un momento.

–Yo también te amo, Guy –dijo ella cuando consiguió reponerse–. *Je t'aime. Toujours* –Amber acarició el frasco–. No puedo creerme que lo hayas llamado con un nombre inglés, no francés.

–Porque eres inglesa. Además, ya te he dicho que no va a comercializarse. Es exclusivo, es tuyo. Como yo –la mirada de él irradiaba sinceridad–. Siempre.

–Guy, es lo más maravilloso que nadie me ha hecho –susurró ella.

Él le besó la lágrima que le rodaba por la mejilla.

–No llores ahora, *mon ange*, porque hoy va a ser un día muy especial, espero.

Sin soltarle la mano, hincó una rodilla en el suelo, sacó un estuche del bolsillo con la otra mano y lo abrió para enseñarle un diamante perfecto.

–Amber Wynne, ámbar de mi corazón, ¿me harías el hombre más feliz del mundo y me harías el honor de ser mi esposa?

Ella le tomó la cara entre las manos y lo besó levemente en los labios.

–Sí, sí, por favor.

Él le besó el dedo y le puso el anillo. Le quedó perfecto, como hecho a medida, como lo eran Guy y ella y lo serían el resto de sus vidas.

Deseo™

La razón perfecta

HEIDI BETTS

A Trevor Jarrod, un exitoso empresario de Aspen, le costaba creer que tuviera un hijo. Pero la atractiva mujer que lo había visitado le había asegurado que era el padre de su sobrino. Antes de que pudiera pedir una prueba de paternidad, Trevor descubrió que era cierto. Pero siempre había sido un soltero empedernido y no sabía cómo ser un buen padre.

Y Haylie Smith no estaba dispuesta a entregar ese precioso bebé a un hombre que no conocía de nada. Si Trevor quería reclamar la custodia de ese heredero tan inesperado, iba a tener que elegir entre ir a los juzgados… o al altar.

Harlequin
Deseo

La razón perfecta
HEIDI BETTS

No era el regalo de Navidad que había esperado

Acepte 2 de nuestras mejores novelas de amor GRATIS

¡Y reciba un regalo sorpresa!

*Su jefe nunca se había fijado en ella antes...
¡pero eso iba a cambiar!*

Cam Hillier, magnate de las finanzas, necesitaba que una joven atractiva y educada lo acompañara a una fiesta, pues su pareja acababa de dejarle plantado. Por eso, Cam se fijó en la mujer que tenía más a mano: su discreta secretaria, Liz Montrose.

El empleo de Liz no incluía tareas de acompañamiento. Sin embargo, como sólo estaba ella para mantener a su hijita y llevar dinero a casa, no pudo negarse a la petición de su jefe. ¡Aunque ya no se escondería detrás de vestidos anodinos ni gafas de pasta!

Belleza escondida

Lindsay Armstrong

Sangre en llamas

DAY LECLAIRE

El Infierno golpeaba sin avisar, pero
Draco Dante no se quejaba de ello
porque ese legado familiar lo llevó a
Shayla Charleston, una belleza misteriosa que le encendía la sangre. Enseguida la tuvo en su cama... pero ella
se marchó igual de rápido.

Después de buscarla durante meses,
Draco por fin encontró a la mujer que
le estaba destinada... y que estaba a
punto de tener un hijo suyo. Pero los
secretos empezaron a salir a la luz y
Draco se encontró dividido entre los
conflictos pasados de sus familias y
un futuro con su mujer y su hijo.
¿Compartía ella el vínculo del Infierno
o Shayla había accedido a casarse por
otras razones?

¿Unidos por el matrimonio... o por el destino?